华夏文库·儒学书系

三千年前的歌唱

诗 经

董晶晶 著

大地传媒 中州古籍出版社

《华夏文库》发凡

毫无疑问,每一个时代都有属于自己时代的精神追求、文化叩问与出版理想。我们不禁要问,在21世纪初叶,在全球文明交融的今天,在信息文明的发轫初期,作为一个中国出版人,我们正在或者将要追求什么?我们能够成就或奉献什么?我们以何种方式参与全球化时代的文化传播进程?在一连串的追问下,于是,有了这套《华夏文库》的出版。

自信才能交融。世界各大文明在坚守自身文化个性的同时,不约而同地加快了探视其他文化精神内涵的步伐,世界不同文明正在朝着了解、交流、碰撞、借鉴与融合的方向前进。在此背景下,建立自身的文化自信,正是与世界各文明民族进行文化交流的基本要求。五千年中华文明与文化正在不断地被其他文明所发现、所挖掘、所认知,汉语言正在生长为世界语言,儒文化正在世界各地生根发芽。

借助这样一种正在成长着的文化自信、自觉、开放、亲和之力,用我们这个时代的学术眼光全面系统梳理中华五千年的文明与文化,向其他各大文明与文化圈正面展示自我,让中华优秀文化成为世界文化的重要组成部分,正是我们出版这套文库的目的之一。此其一。

知己才能知彼。身处五千年文化浸润的今天,重新思考我们先人的人生思考、价值思考与哲学思考,找到一个民族、一个国家的价值所在、立命所在、安身所在,这已经是我们这个时代的学人与出版人不得不再思考的问题。作为中华文明的一分子,我们在思考的同时,还必须了解我们的先人创造了如何优秀的精神文明与物质文明以及社会文明。只有熟知自己的文化,热爱自己的文化,悟明自己的文化,我们才能宣说自己、弘扬自己、光大自己。因此,我们策划组织这套《华夏文库》的初衷,还在于让当下的知识青年全面系统瞭望中华文明与文化的全景,并借此能够对更为深广的世界各民族文化提供一个比较认知的基础。此其二。

顺势才能有为。我们正处在农耕文明、工业文明、信息文明的交汇处,信息文明带领我们从读纸时代进入读屏时代,以智能手机屏幕为代表的书籍呈现方式正在与纸质书籍争夺阅读时间与空间。我们正在领悟数字技术,正在以信息文明的视角,去整理、分析和研究农耕文明与工业文明的文化遗产,不仅仅是为了唤醒优秀的传统文化,我们还在生发和原创着当今时代的文化。由此,我们试图架起一座桥梁——由纸质呈现而数字呈现,由数字呈现而纸质呈现,以多媒介的书籍呈现方式,将文字、图像、声音与视频四者结合,共同筑成《华夏文库》以奉献给信息文明时代的新读者。此其三。

总之,这是一套——专家大家名家写小书;以最小的阅读单元,原创撰写中华精神文化、物质文化与社会文明系列主题与专题;以图文、音视频多媒介呈现的方式,全面介绍与传播中华文明与优秀文化,系统普及与推介中华文明与文化知识;主旨是为了让世界与中国共同了解中国的——大型丛书,借此,复兴文化,唤起精神,融入世界。

耿相新

2013 年 6 月 27 日

目 录

引言　"诗三千余篇,至孔子去其重"？ …………………… 1

一　寂寞孔子的执著人生

  1　孔子传授《诗经》 ………………………… 6
  2　被忽视的音乐家 ………………………… 10

二　从《诗》到《诗经》

  1　母语的放声歌唱 ………………………… 15
  2　儒家思想的渗透 ………………………… 19

三　文学瑰宝　闾巷之"风"

  1　"关雎"与后妃之德 ………………………… 24

2	千古绝唱之《硕人》	30
3	《柏舟》承相国之志	38
4	丰富的"七月"农事	43
5	"蜉蝣"之生命真谛	55

四　文学瑰宝　朝廷之"雅"

1	《鹿鸣》和周公吐哺	60
2	《采薇》和醉卧沙场	68
3	"灵台"和建筑事业	78
4	《文王》贤德天命耶	83
5	《凫鹥》与环保意识	94

五　文学瑰宝　宗庙之"颂"

| 1 | 《载芟》之周王劝农 | 104 |
| 2 | 《玄鸟》能庇殷否 | 113 |

六 独绝千古的"天籁"

1 "赋、比、兴"启后世文章 ·········· 119

2 "诗三百,一言以蔽之,曰思无邪" ·········· 124

3 不学诗,无以言 ·········· 130

七 诗学研究代代传

1 孟子说诗 ·········· 135

2 《诗经》研究著作三大里程碑 ·········· 138

3 鲁迅论《诗经》 ·········· 144

小知识目录

古人的情人节 ………………………………………… 28
求爱妙招五则 ………………………………………… 35
《诗经》时装秀 ……………………………………… 50
做一桌古人的饭菜 …………………………………… 65
开着香车兜兜风 ……………………………………… 73
文字照相机 …………………………………………… 90
召公维翰 ……………………………………………… 100
古人的锅碗瓢盆之事 ………………………………… 101
公刘好货 ……………………………………………… 110
热闹非凡夜生活 ……………………………………… 128

引言

"诗三千余篇,至孔子去其重"?

"诗三千余篇,至孔子去其重"这句话出自太史公《史记·孔子世家》:"古者《诗》三千余篇,及至孔子,去其重,取可施于礼义,上采契、后稷,中述殷、周之盛,至幽、厉之缺,始于衽席,故曰:《关雎》之乱以为《风》始,《鹿鸣》为《小雅》始,《文王》为《大雅》始,《清庙》为《颂》始。三百五篇,孔子皆弦歌之,以求合《韶》、《武》、《雅》、《颂》之音。"这段话的可信度有多高?孔子到底有没有删诗?为什么自古以来有那么多人抓着孔子是否删诗这个问题不放呢?因为这些问题直接牵扯到《诗经》的根源问题。如果能把这个问题了解清楚,可能会对《诗经》被经典化的来龙去脉有个大致的了解。

太史公的"孔子删诗说"参考了汉初《鲁诗》之说,两汉魏晋南北朝时期基本没人对此持有异议,因为大家深信太史公,他的判断是有权威性的,而且一时也没有提出能够反驳太史公的证据,所以大家都是附和之声,比如东汉的班固在《汉书·艺文志》一书中就说:"孔

孔颖达
唐初的儒学大师。排除了经派内部各家异议，择优而定编撰成的《五经正义》被唐王朝颁为经学的标准解释

子纯取周诗，上采殷，下取鲁，凡三百五篇。"东汉末年的经学大师郑玄在《诗谱序》中也表示支持太史公的看法。因为从他的《诗谱序》这本书中将《诗经》的每首诗都落实到了某个国君在位时的某个时间，可以知道古诗肯定不止3000首，经过孔子删诗之后就剩余305篇。

唐代的孔颖达在为郑玄的《诗谱序》作疏的时候提出了自己的不同看法："按书传所引之诗，见在者多，亡逸者少，则孔子所录，不容十分去九。司马迁言古诗三千余篇，未可信也。"因为按照《诗谱序》，当时的诗歌有"三千余篇"，孔子只录用了其中300余首，那散逸在民间的至少也有2700多首，但现存的史料中却很少看到这些散逸诗，因此这种说法有问题。但他没有直接否认孔子删诗，也有人认为孔子删诗并不是全篇都删，而是删掉一些篇章或字句，而且这些删掉的字句是能在《论语》中找到的，比如在《论语·子罕》中出现了"唐棣之华"，《诗经·召南·何彼秾矣》和《小雅·棠棣》的"棠棣"须按照"唐棣"来解释。宋末的马端临认为《诗经》是经过孔子自行理解后选择的结果，他认为孔子注重的是诗篇的比兴意义，那些文意浅显的诗句就被孔子毫不留情地删掉了。

清人认为，孔子把《诗经》中的重复篇章删掉了，但这不能解释在现在留下来的300余篇中仍然有重复之处。王崧则是从音乐方面来解释孔子的取舍，但这是他的一家之见，而且尚未有十分有说服力的证明。

支持删诗观点的人并不能提出非常让人信服的观点，相反，对"孔子删诗说"持有质疑的人却提出了比较有说服力的证据。

郑玄

东汉末年的经学大师,以古文经学为主,同时兼修今文经学,二者融汇为一而形成郑学。自他之后,经学进入了一个"小统一时代"。

让我们感到奇怪的是,无论是孔子也好,后来的儒家学者也罢,总是摆着正人君子的面孔高扬"美刺说",讽刺"国风"中的爱情诗,不断地对它们进行阐释,以尽量"减少"这些所谓的"淫诗"对人民心灵的蛊惑。可是,如果孔子具有删诗的能力或者权力,他当时为什么没有一口气把"郑、卫之声"删个一干二净以图高枕无忧呢?这样一来,也就不用担心这些"靡靡之音"的侵蚀作用了。另外,春秋时期孔子的社会地位并不像我们现在被捧得这么高,恐怕经他一人删就的"诗三百"要被社会各个阶层接受也是一件难事。

除此之外,有一个非常重要的材料就是在孔子8岁时,已经有与今本的《诗经》篇目排列次序类似的书目了,所以我们大致可以根据《论语》中记载"吾自卫反鲁,然后乐正,《雅》、《颂》各得其所",推断孔子可能只是正乐,并未删诗。今人研究总结后发现,"孔子删诗说"是不成立的,"删诗"的工作主要是由周朝的乐官来完成的。

春秋时期,各国的君主们所关注的多是自己的国土有多广,拥有的军队有多强大,至于人们的文化水平这些内在的东西他们是不关心的。所以有了孔子14年的奔走呼告,最终只能喟叹失败。孔子晚年回到鲁国之后,是抱着"道不行"的极度悲伤的心情删述六经,就是希望能够通过删述"六经"来重塑周朝王道,来宣扬自己的政治主张。在这几部经书内容取舍之间都表现出了孔子的生命哲学和处世哲学。儒家最为看重的"道"就内化在了这些经典之中。支持"孔子删诗说"的儒家学者是想通过预设"孔子删诗"这一行为为《诗经》正名,从

竹简《周易》
"六经"之一。古人用来占卜、预测所用。除《诗经》和《周易》之外,孔子整理的其他四部先秦古籍是《尚书》、《仪礼》、《乐经》、《春秋》。其中《乐经》已失传,所以通常称"五经"

而巩固儒家的正统地位。我们在阅读《诗经》的时候,前人的研究成果当然值得学习,但也要保持较高的鉴别力,若能揭开裹在《诗经》外面层层的各家之见,寻找属于你自己的孔子和《诗经》,是一件幸事。

一 寂寞孔子的执著人生

孔子与《诗经》的关系是紧密的。他曾为《诗经》"正乐",对《诗经》进行了系统的编订和整理,使其在古代文献遭到较大破坏的春秋末期,作为一枝文化奇葩而幸免于难。更重要的是,孔子在保护《诗经》的过程中,也以自己的学识与修养对它进行了颇有新意的阐释和解读,并把这种解读作为日常教学的重要组成部分,传授和宣传《诗经》,让《诗经》的光芒一直照亮了两千多年的中国文化。在孔子的阐释思路中,《诗经》的娱乐功能被弱化,道德教化作用彰显。

1. 孔子传授《诗经》

孔子与《诗经》的关系是紧密的。他曾为《诗经》"正乐",对《诗经》进行了系统的编订和整理,使其在古代文献遭到较大破坏的春秋末期,作为一枝文化奇葩而幸免于难。更重要的是,孔子在保护《诗经》的过程中,也以自己的学识与修养对它进行了颇有新意的阐释和解读,并把这种解读作为日常教学的重要组成部分,传授和宣传《诗经》,让《诗经》的光芒一直照亮了两千多年的中国文化。在孔子的阐释思路中,《诗经》的娱乐功能被弱化,道德教化作用彰显。

《史记·孔子世家》记载:"孔子以《诗》、《书》、《礼》、《乐》教,弟子盖三千焉,身通六艺者七十有二人。"孔子就是以《诗》、《书》、《礼》、《乐》为教材开展教学的。孔子能够获得"弟子三千,贤者七十二"这一丰硕的教育成果是与选取恰当的教材分不开的。在这四本书中,孔子最为看重的是《诗》,卫将军文子曾说:"吾闻夫子之施教也,先以诗。"这就应和了孔子所言:"不学诗,无以言。"《诗》本著性情,特别是《国风》为民间采集所得,往往是人的内在情感和心智的外在流露,而且《诗》读起来朗朗上口,结构匀称优美,记诵和传播也很方便,这样,《诗》就具备了很好的移情易性作用,难怪孔子慧眼识珠,以《诗》作为首要学习蓝本。在当时孔子并不是第一个发现《诗》的价值,早在孔子广泛传播《诗》之前,《诗》已是贵族弟子的必学科目。

以孔子自身的经历为例:他的先世本是商代的王室,居于宋。后因为周朝灭商,孔子先祖的品级就由王室转为了诸侯,等到孔父嘉受宋穆公所托辅佐宋殇公时,同朝的另一个大臣华父督篡权,孔家逐渐失势,孔父嘉的曾孙孔防叔最后奔齐,就这样,公卿身份也没了。孔子出生后,他拥有的只不过是先祖们辉煌的过去而已。孔子的身份很尴尬,既不是正宗的贵族,也不是一般的平民,而是介于其间的新兴士族。当时这样的士族不在少数,他们不甘于平民日出而作、日落而息的平淡生活,可想要进入上层社会就必须通过学习儒业而出仕,因此像"六艺"、"六经"之类都是必需的傍身之技。虽然在西周、春秋时期,在国之祭祀、外交场合常常引用《诗》中诗句,但是对于阡陌之间的百姓而言,系统的《诗》的学习依然可望而不可即,而孔子让更多的人获得了受教育的权利,把《诗》作为链接不同阶层的纽带。

那么,孔子是怎么教《诗》的呢?"先之以《诗》、《书》,而道之以孝悌,说之以仁义,观之以礼乐,然后成之以文德。"孔子教育弟子的最终目的是"文德",文德之终得从《诗》、《书》始,即"兴于诗,立于礼,成于乐"。孔子的教学方法与如今的语文课教学不一样,相比而言,孔子的教学难度更大,因为孔子"述而不作"。他对古代典籍充满了敬畏之情,一般都是基于原诗的基础上进一步阐发。孔子最擅长的是就"诗"论"事",在介绍诗中所包含的传统的礼制习惯时,会结合历史、政治、文化等多方面内容拓宽诗歌的广度。孔子不会照本宣科,也不会着眼考据,这一方面可能是因为无前人资料可供参考,

六艺之"御"

但另一方面也说明了孔子所做工作的意义重大,作为"第一个吃螃蟹的人",他的解读都是原创的。孔子在教学过程中特别强调《诗》的道德价值,"温柔敦厚而不愚,则深与《诗》者也"(《孔子家语·问玉》)。他认为《诗》就是一部培养、端正人性情的经典,在《论语·学而》篇中记载了子贡和孔子探讨《诗经》的一段对话。子贡曰:"贫而无谄,富而无骄,何如?"子曰:"可也。未若贫而乐,富而好礼者也。"子贡曰:"《诗》云:'如切如磋,如琢如磨',其斯之谓与?"子曰:"赐也,始可与言《诗》已矣,告往诸而知来者。"

这一段材料表面上看是在讨论"贫而无谄,富而无骄"和"贫而乐,富而好礼"两种道德修养的高下,仔细回味可以发现,这里面暗藏了孔子解读《诗经》的途径。《诗经·卫风·淇奥》中"如切如磋,如琢如磨"诗句的本意是为形容淇水那边风度翩翩的君子的形象:像经过切磋的象牙,像经过琢磨的美玉。但在这儿被孔子描述为不断提高道德修养的过程。因此我们可以看出,孔子阐释《诗经》并不是紧贴着《诗经》的本意而进行的，他会尽量挖掘《诗》与道德之间的默契。

孔子的弟子子游、子夏在《诗》学方面的研究相较于其他学生更高，《后汉书·徐防传》说："《诗》、《书》、《礼》、《乐》，定自孔子，发明章句，始于子夏。"根据研究，《诗大序》和战国楚竹简《孔子诗论》也极有可能是出自子夏。

孔子为我们怎么学《诗》、怎么教《诗》提供了借鉴。深受孔子的影响，大批的弟子为《诗经》的保存、流传和发展作出了不可磨灭的贡献。

2. 被忽视的音乐家

孔子时代的诗多是用来歌唱的,他能修订《诗经》,这说明他其实也是一个音乐家。孔子能编成充满乐感的《诗经》,归功于他深厚的音乐素养,但现在很多人都还没认识到孔子作为音乐家的一面。

如今在生活和工作高压之下的人大多只是把音乐当做生活的调剂品,把音乐家笼统地称为"艺术家",把艺术家视为异类的也大有人在,认为艺术和自己很遥远,有点望尘莫及的味道。孔子是著名的教育家,更是音乐家,也是艺术家。孔子不是所谓的纯艺术家,他并不甘于在象牙塔中苦等别人的赏识,而是勇敢地走出来,用音乐去感动更多的人,用"诗"去兴发人的品格,再用音乐来践行自己的人格。他的一生倡导上下有序的先王之道、和乐融融的礼乐之规,正是这种发自内心的责任感和迫切感,促使他奔走疾呼。

想要走进孔子注重的礼乐,必须要消除滞留在我们脑海中太久的误会。古人的礼乐观念并不是我们所认为的上下级关系,"礼"不是用来控制"乐"的,"乐"也不只是"礼"的装饰。他们对礼乐的认识远在我们之上。

"乐者,天地之和也;礼者,天地之序也。和,故百物皆化;序,故群物皆别。""礼以道其志,乐以和其声。"《礼记》中这两句话是说如果用音乐引导人们,是可以达到国家安定团结、人们安居乐业的效果的。孔子所说"立于礼,成于乐"也是这个意思。西周末至春秋时期,诸侯混战,地域割据争霸严重,统治者只关心自己一己之利,却忘了人之所以为人是因为无论在多么困苦的条件下,都要有精神和文化追求。孔子敏锐地察觉到音乐可以颐养性情、安抚情绪、稳定人心,是人与人沟通的世界语。

孔子对音乐的感悟非常特别。孔子与"齐太师语乐,问《韶》音,学之,三月不知肉味"(《史记·孔子世家》)。孔子赞美《韶》乐,说这是一种"尽善尽美"的音乐。那么,到底是哪种音乐才能称得上"尽

孔子学琴于师襄
孔子边向师襄学琴,边悟琴道,通过反复弹奏《文王操》,孔子从这首曲子中勾勒出了文王的形象,最终领悟音乐的美善

善尽美"呢？我们现在恐怕已不能一饱耳福，但却可以玩味"尽善尽美"这四个字。白居易在《琵琶行》中形容琴声如"大珠小珠落玉盘"，"幽咽泉流冰下难"。可孔子却用了"尽善尽美"这个非常具有道德性的词来形容音乐，在孔子的眼中，"乐"和"礼"是不可分割的，"乐"具有非常好的教化作用。

孔子在给学生上课的时候也不忘寓"乐"于"教"。子路、曾皙、冉有、公西华侍坐。孔子问他们愿意做什么。当冉有等人说出为国效力等宏伟志向时，孔子并没有响应。最后曾皙的回答得到了孔子的赞同："莫春者，春服既成，冠者五六人，童子六七人，浴乎沂，风乎舞雩，咏而归。"（《论语·先进》）在春风轻拂之下，沐浴之后，携手欢歌而回，是多么惬意畅然的场面。人生的理想不在于官位，也不在于财势，可能就在于寻找音乐在生命中的意义。孔子已经把人生旨趣与音乐结合在一起了。

孔子喜欢唱歌。"子与人歌而善，必使反之，而后和之。使人歌，善则使复之，然后和之。"（《论语》）只要听到好歌，孔子一定恳请对方再唱一遍，然后自己也跟着唱，即使在周游列国之时，孔子仍然保持了很高的音乐兴致。孔子本想前往楚国，无奈却被陈、蔡两国的暴民困在郊区，断粮数日，这时候孔子却慷慨一曲一扫阴霾之气。68岁从卫国回到鲁国时，孔子看到了水中的香兰很茂盛，孔子伤感时运不济就取琴弹奏了一曲《猗兰操》："习习谷风，以阴以雨。之子于归，远送于野。何彼苍天，不得其所。逍遥九州，无所定处。世人暗蔽，不知贤者。年纪逝迈，一身将老。"这似乎说出了孔子所有内心的话语。

孔子是一个演奏家。《礼记》记载："孔子既祥，五日弹琴而不成声，怕而成笙歌。"另有记载，孔子29岁到卫国学琴，他还向师襄学过琴。《孔丛子》中描写了许多孔子弹琴的场景:"孔子昼息于室,而鼓琴焉。""孔子晨立堂上,闻哭者声,音甚悲。孔子援琴而鼓之,其音同也。"《论语》中也提道:"孺悲欲见孔子,孔子辞以疾。将命者出户,取瑟而歌,使之闻之。"

回到鲁国之后,孔子自己总结:"吾自卫反鲁,然后乐正,《雅》、《颂》各得其所。"(《论语·子罕》)即使孔子的删诗说不成立,但是仍然存在孔子一边调琴一边修订《雅》、《颂》之曲的可能性。后世研究多纠结于《诗经》中歌词的意思,却忘记了《诗经》中的诗篇原先是歌以咏之的,所以我们也可以将那些牵强附会之能事抛在一边,把《诗经》配上自己的曲子,哼一哼,可能别有一番滋味。

二 从《诗》到《诗经》

《诗经》的由来，大致有以下三种渠道：一、"采诗说"，当时周朝的乐官搜集民间或者士大夫创作的诗歌献给君主，如《大雅》、《小雅》中的部分诗篇。二、"献诗说"，诸侯国为表示对周王室的尊崇，将本国的诗歌献给周王朝，《国风》中很多诗是献诗。三、"土著说"，即周朝本国的贵族为了给周王室歌功颂德、祭祀鬼神而作，以《周颂》的部分诗作为代表。

1. 母语的放声歌唱

　　诗歌是人的性灵的真实书写。翻开《诗经》，我们所触摸到的都是古人真性情的袒露。因为今古语言的隔阂，让《诗经》披上一层朦胧的面纱，也给我们的理解带来了一定的困难。所以我们在阅读的时候不得不借助从古至今百家学说，但若真的只是咬文嚼字，即使意思通了，理解的《诗经》难免有迂腐之气、刻意之感。"读诗，读诗"，诗真的需要读出来才会懂得其中的奥妙。举个例子来说：

　　"君子于役，不知其期。曷至哉？鸡栖于埘，日之夕矣，羊牛下来。君子于役，如之何勿思？"这是《诗经·王风·君子于役》中的一节，轻轻地吟诵完毕，会感觉有一种非常悠扬、独特的韵律在自己的齿边萦绕，回味无穷。这是一种带有甘草香味的苍茫之感，挥之不去的是现代诗难以比拟的古味。读这样的诗可以直达诗人内心朴素的诗性和宁静。它不是突然应诏牵强为之的仓促之诗，也不是为了起承转合的苍白之句，而是毫不矫揉造作的灵动民谣。

　　但能够直指诗歌本性的研究论著却少之又少。《毛诗序》（汉朝毛亨、毛苌曾注释《诗经》，因此又称《毛诗》）评《君子于役》："刺

戎生编钟
西周中期至春秋早期的乐器

平王也,君子行役无期度,大夫思其危难,以风焉。"《毛诗序》此说当然并不全错,可若捧起《诗经》,满脑子都是"刺"、"讽"、"喻"这些词是不可能读出它的原生态最鲜美的味道的。那么,怎么找到《诗经》的原汁原味?怎样才能抛开史家之说对《诗经》千奇百怪的演绎找到一个自己的音符呢?

方法很简单:永远坚持《诗经》是一曲母语之歌。只要秉承着这个原则,我们之前的所有困惑几乎都迎刃而解。《诗经》是中国第一部诗歌总集,它之于中国文化的意义好比《荷马史诗》之于西方。诗是先民表达情感最直接的方式。在"诗三百"中我们看到那种充满活力、激情的言语,对自身、自然、未来、命运等的探求多样而丰富。《诗经》中的诗的指向性是模糊的,它像太阳的光芒一样毫不吝啬地温暖着各个角落。儒家在将"诗"经典化的同时也在收缩"诗经"的容量,因为儒家使"诗"成为"诗经"是一个"追认"的过程。闻一多先生就深刻地指出:"你只记住,在今天要看到《诗经》的真面目,是颇

豳风图
南宋画家马和之的作品。所描绘的是《诗经》所描写的采桑、耕地、饮酒观舞、拜谒等不同场面

不容易的,尤其那圣人或'圣人们'赐给它的点化,最是我们的障碍。当儒家道统面前的香火正盛时,自然《诗经》的面目正因其不是真的,才更庄严,更神圣。但在今天,我们要的恐怕是真,不是神圣。"闻一多先生的话说到了点子上,《诗经》能够经久不衰的真正原因是它的"真"。它释放了人的真情感,是用生动活泼的生活语言所表达的直观感受。

《诗经》的吟诵主题具有永恒的意义,尽管孔子连连说"郑声淫",但两千年过去了,没有人能抹去郑声中人的真性情。"国风"有许多描写爱情的诗。热恋中男女的苦恼、为了幸福未来的勇敢、始乱终弃的不甘,这些感情如今仍然会引起人的共鸣,《诗经》中最引人注目的是"爱"的篇章。所以暂且抛开那些政治意义,真挚的感情浮现在纸面。"朝吟风雅颂,暮唱赋比兴;秋看鱼虫乐,春观草木情。"《诗经》就是一个大千世界，是当时芸芸众生的再现。普通的花鸟虫鱼轻轻巧巧地被先人谱成了曲，吟成了诗，变成生动的画面。

　　《诗经》中有一个非常有趣的现象，一些异常生僻的字是先人智慧的体现，同样是马，因为年龄、毛色或者鼻、蹄的不同而名称各不相同，每一类事物都有自己的专称。汉语是很细致的语言，先人并未因为身边的动植物类似而胡乱命名，而是尊重它们并赋予名字。外国人学中文往往觉得汉字好读但是难写得很，可能就是无法理解汉语的精髓。汉语是我们民族文化的载体，离开了母语，我们就会失语，而诗是我们最早学会的母语。"不学诗，无以言"，说的就是这个道理。如果我们没有《诗经》，我们就无法了解汉语的魅力，我们就像没了根。

2. 儒家思想的渗透

  《诗经》的由来，大致有以下三种渠道：一、"采诗说"，当时周朝的乐官搜集民间或者士大夫创作的诗歌献给君主，如《大雅》、《小雅》中的部分诗篇。二、"献诗说"，诸侯国为表示对周王室的尊崇，将本国的诗歌献给周王朝，《国风》中很多诗是献诗。三、"土著说"，即周朝本国的贵族为了给周王室歌功颂德、祭祀鬼神而作，以《周颂》的部分诗作为代表。

  《诗经》中"风、雅、颂"三者内容各有侧重："雅"、"颂"记载朝廷宗庙之事，"风"主要由民间采风所得。在经过长时间的编删之后才有了《诗经》的大体面目。这当然会体现统治者的意志。而"诗教"同时也研究《诗经》的意识形态成分。"诗教"原先并不受到重视，但在春秋战国礼乐崩坏之后，孔子坚持维护周礼就是希望在动荡的社会变动中能重塑安定和谐的社会，这符合当时大众的基本愿望，在孔子的倡导之下，"诗教"蓬勃发展起来了。

  儒家从来都不会把《诗经》当做纯文本来解释，《诗经》承担了太多的历史责任，孔子说诗可以"兴、观、群、怨"也是同样的道理。

鹿葱

鹿葱，即萱花，又名宜男草、夏水仙。味甘、性凉、无毒，安五脏、利心志、令人好欢乐、忘忧轻身、明目，《诗经》所说的谖草即此

儒家的"诗教"理论要求诗歌能够肩负起"美刺"的重任，帮助社会移风易俗、巩固统治。孔子还说《诗经》是"思无邪"的，那么，"思无邪"的诗歌怎样肩负精神建设的功能？因为在"思无邪"的总纲之下，直白严肃的"卫道"之语无法说出口，所以经学家想了一个办法，用隐晦的"赋、比、兴"手法声东击西，以解释《诗经》修饰手法为名，进行自己的思想教化，希望民众读诗之后"如沐春风"。所谓"润物细无声"，百姓能够受到那些经学家的启发自觉地去关注诗歌中政治伦理内容和道德礼仪，以培养自己的性情，消解天性中的犄角，当一个符合封建伦理纲常的顺民。

这样曲折的阐释非常有趣，既体现了儒家文化的进退有度、温文尔雅的敦厚之风，又能达到引导民众、讽谏上级的效果。在这种基本的释"经"思路之下，用儒家本身特有的教化思想来阐释《诗经》，《诗经》

的原意就会常常遭到曲解。一方面,儒家学者希望《诗经》能够保持自然原貌,所以他们不把自己想说的话直接说出来,而是从鸟兽虫鱼、花前月下等方面来讽谏君王;另一方面又怕民众的领悟能力过低,担心他们只看到《诗经》的表层意思,受了"淫诗"的蛊惑,所以又要不遗余力地充当传声筒的功能,不惜耗费自己的毕生精力来极尽牵强附会之能事,努力地把《诗经》润色成为统治者满意、百姓听从的道德书本。

由孔子及其弟子开创的将礼教与"诗学"相结合的传统一直延续千年。战国秦汉儒家就围绕着诗歌的功能、特征、本质、手法及编辑等问题展开了前所未有的讨论,提出了"乐而不淫,哀而不伤"、"性情"、"六诗"、"六义"、"四始"、"美刺"、"正变"等重要的概念。战国时期,以孟子为代表的北方的"诗"学提出以史说"诗"、知人论世、以意逆志的方法;而以博竹简的《孔子诗论》为代表的南方"诗"学,高度重视诗歌抒发性情的功能,主张抛弃断章取义而回归"诗三百"的本身。到了汉代,尽管有今文的"三家诗"(《鲁诗》、《韩诗》、《齐诗》)和古文的《毛诗》之别,但它们在突出诗歌的教化主题上却是一致的,这也是历代儒家对《诗经》的主流态度。《鲁诗》提出著名的"四始"之说后,启发了《毛诗》以《关雎》篇为始的教化体系的构建。《毛诗》的《关雎序》被后人称为《诗大序》,是儒家诗教化思想的纲领性文件,从此,儒家对诗经的渗透就开始了。

"诗言志"可说明儒家对《诗经》的态度。"志"到底所指何物,一般儒家的学者们有三种看法:其一是以孔子及其弟子为代表,将"志"理解成"性情",认为物感心,心定志,志动性,性生情。其二认为"志"指的是志意、志向,即人的志向和奋斗目标。其三,《毛诗序》干脆各打五十大板,说"诗者,志之所之也",接着又说"情动于中而形于言"。这种看法正是《毛诗》的高明之处,因为诗歌是表达"志意"的工具,而这种志意是不能够直说的,只能委婉地暗示。诗歌毕竟和一般的说理文、议论文不同,它是一种感情的喷发,所以儒家要牢牢地抓住诗的道德教育功能,必须抓住"诗歌是情感"这一特征。

三 文学瑰宝 闾巷之"风"

《毛诗序》对"风"的定义是"上以风化下,下以风刺上,主文而谲谏,言之者无罪,闻之者足以戒,故曰风"。其实《毛诗序》是把"风"的意义建立在讽谏的道德教化之上了。如果"采诗说"确有其事,则"风"中诗篇大概就是当时天子、诸侯为了考察民情,派人从各地采集而成,而既然"言之者无罪,闻之者足戒",可以适当地放宽诗歌的尺度,百姓也可畅所欲言,诗歌的原貌也就基本被完整地保留下来了。

1. "关雎"与后妃之德

周南·关雎

关关①雎鸠,在河之洲。窈窕②淑女,君子好逑③。
参差④荇菜,左右流⑤之。窈窕淑女,寤寐⑥求之。
求之不得,寤寐思服⑦。悠哉⑧悠哉,辗转⑨反侧。
参差荇菜,左右采之。窈窕淑女,琴瑟友之。
参差荇菜,左右芼⑩之。窈窕淑女,钟鼓乐之。

[校注]

① 关关:鸟的和鸣声。

② 窈窕(yǎotiǎo):美心为窈,美状为窕,形容美好的样子。

③ 逑(qiú):通"仇",配偶。

④ 参差:长短不齐。

⑤ 流:顺水势采。

⑥ 寤寐(wùmèi):寤,睡醒;寐,睡着。

⑦ 思服：思念。
⑧ 悠哉：忧思不断，情意绵绵的样子。
⑨ 辗（zhǎn）转：指翻身。
⑩ 芼（mào）：采摘，选择。

[翻译]

雎鸠关关地歌唱，栖息河中小岛上。
贤淑美丽的少女，真是君子好对象。
长长短短鲜荇菜，两边顺流忙采摘。
善良美丽的少女，朝朝暮暮念心间。
想要追求难如愿，梦中醒来都挂牵。
长夜漫漫思不断，翻来覆去难成眠。
长长短短鲜荇菜，两手左右去采摘。
贤淑美丽的少女，弹琴鼓瑟表爱慕。
长长短短鲜荇菜，左挑右选忙采摘。
善良美丽的少女，钟鼓终使笑颜开。

若没有《毛诗序》的点拨，一般人是看不出《关雎》和"后妃之德"的联系的。因为诗中的女子更像是一位温婉可人的小家碧玉，与处在封建势力斗争旋涡的后宫似乎搭不上半点关系。可《毛诗序》却不这么看，它切入的角度非常独特，超乎了常人的想象。因为要想"独尊儒术"，就必须树立《诗经》的威信，而若以一首思春诗为首，经学家们未免觉得脸上太过挂不住，只好发散思维，给《关雎》套上了"后妃"之名。

《关雎》作为提挈"诗三百"的序诗，要起到画龙点睛之效。若

《关雎》在一开始就显得默默无闻、中规中矩怎么可能统摄接下来的"诗三百"呢？所以阐释之语必须石破天惊，即使《关雎》在创作之初只不过是一位男子面对女色产生的朦胧情愫，或是叹女子容貌出众、德才兼备的赞歌，但《毛诗序》说："《关雎》，后妃之德也，风之始也。所以风天下而正夫妇也。故用之乡人焉，用之邦国焉。风，风也，教也，风以动之，教以化之。"接着又说："《周南》、《召南》，正始之道，王化之基。是以《关雎》乐得淑女以配君子，忧在进贤，不淫其色，哀窈窕，思贤才，而无伤善之心焉，是《关雎》之义也。"众所周知，中国古代帝王的一夫多妻制往往会造成后宫为争宠而纠纷不断，可《关雎》中的女主人公即"后妃"，却克服了女人天性中的嫉妒，非但不争风吃醋，还为"君子"物色"窈窕淑女"，寻找不到还"寤寐思服"，真可谓超乎常人的气量。

　　《关雎》的故事就从男女情事转变成了两个女人之间的礼让德义，而这位君子则安稳地坐在一旁，等着宽容识大体的妻子再给他找一个漂亮贤惠的小妾。这种"后妃之德"不正是古代帝王一再提倡的"母仪天下"吗？"风天下而正夫妇"，在儒家学者看来，家庭是社会的基本单位，而古代五伦"君臣、父子、夫妇、兄弟、朋友"中以"夫妇"为始，其他的四伦得从"夫妇"中衍生出来。从夫妻之间的从属关系出发，社会重建一个"君君、臣臣、父父、子子"的秩序。从这里我们可以窥视整个《毛诗序》的研究思路就是围绕着重建周朝礼教秩序而展开的。诗歌题材无论是爱情婚姻、悼亡狩猎，还是征伐祭祀，都是从《关雎》"后妃之德"的关系这一脉传承下来的，或赞美或讽谏，来充分调动诗歌的教化功能。

　　《毛诗序》对《诗经》中其他诗歌的过度阐释也有很多，比如《邶风·燕燕》篇，《毛诗序》说其讲的是"卫庄姜送归妾也"之事，在《列女传·母仪篇》中记载：卫庄姜是卫桓公的母亲，因为卫桓公早逝，送桓公之妇归于薛国，因此有了"卫庄姜送归妾"之说，郑玄认为"归妾"是指陈女戴妫。然后大家就分别从《左传》、《史记》或者《列女传》拉扯出一通历史故事，看的人也稀里糊涂地以为是丈夫送归妇，或者婆婆送儿媳，或者卫君送妹妹远嫁，再或者彼此相爱之人因父母之命、媒妁之言从此劳燕分飞，正确答案是什么？没有人知道，但其中的凄迷哀伤的情分却是相通的。《诗经》中这样的例子有很多，《关雎》也好，《燕燕》也罢，千万不可轻信不知从哪儿来的训诂传笺。诗歌既然发乎情，在读诗之始，只要用心去体会古人的情感就好，把诗歌中最真挚的部分领悟了，其他的历史残片又有什么关系呢？

顾炎武说："王道之大，始于闺门。"这句话就概括了古代儒家对《关雎》寄予的厚望，但顾炎武跳出了"后妃之德"这一阐释的束缚，承认《关雎》一诗是归于"闺门"这一题材，但他将其提升到"王道"，即统治者治国平天下的道理。老子说："道生一，一生二，二生三，三生万物。"世界上的任何事物都是围绕着同一个"道"转动，从纵向角度看，《关雎》篇表达的是人类情感的普遍性，简单地说，《关雎》要表达的只是面对心爱之人而求之不得内心的焦急和痛苦；从历史维度看，《关雎》所指涉的内容可以超乎男女之间的感情之事，世界上的万事万物都是同样的道理，可以把姑娘想成是人生目标，需要经过一番努力之后才能露出胜利的笑容。

孔子评价《关雎》的音乐特点是"乐而不淫，哀而不伤"，这直指礼乐的核心价值——中和，虽然孔子没有把《关雎》和"后妃之德"联系在一起，但这与儒家一直倡导的"中庸"思想是相近的，"发乎情，止乎礼义"，人都必须通过有节制的音乐进行感情表达。

小知识◎古人的情人节

　　问现在年轻人情人节是何时,恐怕大部分人脑子里出现的第一个日子会是西方情人节（Valentine's Day）,若必须是国内的大概只能说出是农历七月初七的"七夕节",这是牛郎和织女相会的日子。这没有错,但中国最早的情人节并不是七夕,而是《诗经》时代的上巳节。这可比公元270年2月14日古罗马情人节要早一千多年呢。

　　上巳一般是指农历三月上旬的巳日,是古代举行"祓除畔浴"的重要节日。曾晳向孔子表达自己的理想时说:"暮春者,春服既成,冠者五六人,童子六七人,浴乎沂,风乎舞雩,咏而归。"这其实说的就是上巳节的情景。阳春三月,流水潺潺,官民都要在这刚刚消融的清水中洗去尘垢,表示一年神清气爽。而上巳节也是男女出门郊游的好时光。在汉代以前,上巳节只取巳日,不一定就是农历的三月初三,而三国之后定农历的三月初三为上巳节。

　　《周礼·地官·媒氏》中记载上巳节的情景:"以仲春之月,会合男女。于是时也,奔者不禁。若无故不用令者,罚之。司男女之无夫家者而会之。"在仲春约会,连私奔都不会加以禁止。可见,当时政府是十分鼓励这样大型的相亲会,还要求全民总动员,而无故不参加者可能还会受到处罚。这样严格地保障男女相亲活动的制度十分有意思。

　　而为男女相亲郊游创造条件的是一个据说叫"社"的地

方。根据闻一多先生的考证,古代社会中的"社"是祭祀高和男女交欢的地方。上巳节有一项重要的仪式就是祭祀高,高即管理婚姻和生育之神。"社"中的草木长得十分茂盛,郁郁葱葱。树林旁是可以洗浴的河流,流水清澈见底。所以说"社"是一个谈情说爱的好地方。而"溱洧"极有可能就是一个"社"。《诗经·郑风·溱洧》就说有大胆的女子会在三月初三这一天,邀请男子到溱洧水滨,一起参加热闹非凡的盛会,这时候的女子需要遵守的礼数还比较少,所以言行比较开放,男女谈笑中相互戏谑,还可以赠送鲜花(芍药),以示爱慕之情。

周朝的婚礼一般都在春天进行,因为春天是万物复苏的季节,而传统的阴阳学说认为春分这一天阴阳持平,是结婚的吉日。古时候男婚女嫁一般要经过六道程序:一是纳采,表示求亲。二是问名,男方家要问清楚女子的名字,然后再到祖庙里占卜问凶吉,也就是看看男女"八字"是否相合。三是纳吉,男方如果占的是吉兆就会派人到女方家报喜。四是纳征,相当于订婚,这时候男方要向女方赠送贵重的礼品。五是请期,男方和女方家长一起商量完婚的日期。最后是亲迎,就是男方前去迎亲,并举行婚礼。只有完成此六个过程才算是明媒正娶。《大雅·大明》中说"文定厥祥,亲迎于渭",就是说周文王也是通过以上六道程序之后把正妃太姒迎娶过来的。

2. 千古绝唱之《硕人》

卫风·硕人

硕人其颀①，衣锦褧衣②。齐侯之子，卫侯之妻，东宫之妹，邢侯之姨，谭公维私③。

手如柔荑④，肤如凝脂⑤，领如蝤蛴⑥，齿如瓠犀⑦，螓⑧首蛾眉。巧笑倩兮，美目盼兮⑨。

硕人敖敖⑨，说⑩于农郊。四牡有骄，朱幩镳镳⑪，翟茀⑫以朝。大夫夙退⑬，无使君劳。

河水洋洋，北流活活⑭。施罛濊濊⑮，鳣鲔发发⑯，葭菼揭揭⑰。庶姜孽孽⑱，庶士有朅⑲。

[校注]

① 硕（shuò）：高大。其颀（qí）：高高的样子。

② 衣锦褧（jiǒng）衣：前一个"衣"字表示"穿"。褧，罩衫。此句意为，里面穿着华丽的锦衣，外面套一件罩衫。这是女子出嫁中的装束。

③ 谭：也作覃，国名，位于今山东历城。维：是。私："私，无正亲之言。"中国古时女子称姊妹之夫为私，即今天的姐夫或者妹夫。

④ 柔荑：柔嫩的初生的茅草芽。

⑤ 凝脂：凝结的脂肪，比喻皮肤光滑细嫩。

⑥ 蝤蛴（qiú qí）：天牛的幼虫。比喻脖子白又长。

⑦ 瓠（hù）犀：瓠瓜子，即葫芦子，比喻整齐、洁白的牙齿。

⑧ 螓（qín）：像蝉的一种昆虫，体小，额头宽广而方正。比喻妇人的额头宽阔。

⑨ 敖敖：通"赘赘"，身材高大的样子。

⑩ 说（shuì）：息。

⑪ 帻（fén）：缠在马衔上的红绸子。镳（biāo）镳：通"飘飘"，盛美的样子。

⑫ 翟（dí）：长尾的野鸡。茀（fú）：古代车厢上的遮蔽物。

⑬ 夙退：早点退朝。

⑭ 活活：水流动的样子。

⑮ 罛（gū）：渔网。濊（huō）濊：撒网入水的声音。

⑯ 鱣（zhān）鲔（wěi）发（bō）发：鱣，大鲤鱼，也有说是鳇鱼。鲔，鲟鱼，也有说是鳝鱼。发发：鱼很多，也有说是鱼尾甩动的声音。

⑰ 葭（jiā）菼（tǎn）揭揭：葭，初生的芦苇。菼，初生的荻草。揭揭，向上扬起的样子。

⑱ 庶姜孽孽：庶，众。姜，姓姜女子。春秋诸侯女儿出嫁时，往往有姊妹或者宗室之女陪嫁。

⑲ 朅（qiè）：威武的样子。

[翻译]

身材高高一美女，披风罩在锦衣上；齐侯女儿多娇贵，成为卫侯之爱妻。她是太子的胞妹，也是邢侯的小姨，谭公是她亲妹婿。

双手纤纤如嫩荑，肤如凝脂细又腻；脖颈粉白如蝤蛴，牙如瓠瓜白又齐；额头方正眉细弯，笑靥一露酒窝妙，美目顾盼蕴情意。

身材高挑真漂亮，驻马停车在城郊；四匹雄马多健壮，马辔两边红绸飘，乘坐羽车好上朝。还请大夫早些退，别让国君太操劳。

黄河之水天上来，奔腾向北哗啦流。撒开渔网呼呼响，鳣鲔跳跃入了网，芦荻稠密长势好。姜家女子服饰美，随从武士更英武。

如果只提《诗经·卫风·硕人》篇，知晓的人恐怕不多，有一定文学积累的人知道"硕"是大的意思，可能会以为《硕人》写的是一个巨汉的故事，类似法国文学家拉伯雷笔下《巨人传》，但若说出"巧笑倩兮，美目盼兮"这句诗，恐怕大家都会恍然大悟，不错，形容美女的千古佳句正是出自此篇。

可是"硕人"怎么可能是美女呢？一直以来，中国传统的观念中，大家闺秀也好，小家碧玉也罢，都是"闲静时如姣花照水,行动处似弱柳扶风"的小女子形象，而像林黛玉那样态生两靥之愁，娇袭一身之病的病西施模样更让人怜爱。《硕人》篇简直有挑战我们审美底线的意思，试想：一个1.78米的女子，长得膀圆腰粗的，她的美从何谈起呢？其实，《诗经》成书的时代是崇尚人的高大健美的身材的，这种对高大丰硕的人体的赞扬表

庄姜
美貌与才华并重，是不可多得的一位才女。朱熹在《监本诗经》中认为庄姜是中国历史上第一位女诗人。《邶风·燕燕》一首据说是庄姜所写

达了先民以健康和生殖崇拜为尚的朴素的思想。《诗经》时代是一个女性解放、思想张扬的时代,这种开放没有"缠足之后再放开的血腥气",而是一种毫不做作的自然审美。《唐风·椒聊》称赞妇人"硕大且笃",《陈风·泽陂》中的姑娘说到自己心爱的小伙时也用"硕大且卷"一词。《小雅·白华》中"念彼硕人"等都是同样的意思。

"硕人其颀,衣锦褧衣。"穿着华美嫁衣的"硕人"身材修长高大,《硕人》开篇的一句似乎勾不起我们对女子美貌的遐想,但这首诗的作者也不着急,接着是简要地介绍了一下这个女子的身份:卫庄公的夫人庄姜。《硕人》描写的是庄姜嫁与卫庄公的场面。如果说诗的开头几句,庄姜还是犹抱琵琶半遮面的话,接下来的诗句堪为天成。我们读诗的心情也和忐忑的新郎一样,小心翼翼地掀起新娘的头纱,新娘的美一瞬间照亮了整个屋子,新郎就这样一动不动地完全沉浸在这种难以言说的美之中。中国古时对美女的外貌描写一般倾向采用侧面烘托手法,也许是为了偷懒,都不愿意直接落笔写具体的美貌,而是像画泼墨山水画一样,随意地点几处,留下无限的空白让人们遐想。别的不说,看《国风》的开篇《关雎》就没有直接说"窈窕淑女"漂亮到何种程度,只是说"君子好逑",让男子"寤寐思服"、"辗转反侧"。这样的女子到底长什么模样没有一个标准答案,我们只能按照心之所至勾勒出一幅画像来。同样,《蒹葭》也是如此:"蒹葭苍苍,白露为霜。所谓伊人,在水一方。"在秋水迷离的清晨,有一位清傲的美人伫立在洁白的芦苇中央,微风撩起了她飘逸的长发,水天一色,美人的丽影忽隐忽现,让人寻觅不得,让我们这些急待一睹美人芳容的人"搔首踟蹰"、不知如何是好。

但《硕人》的作者另辟蹊径,偏偏要把人的动态的、难以名状的美用生花妙笔描绘下来:"手如柔荑,肤如凝脂,领如蝤蛴,齿如瓠犀,蝤蛴首蛾眉。巧笑倩兮，美目盼兮。"手指纤纤如嫩荑，皮肤白皙得就像凝结后的油脂，脖颈白得像天牛的幼虫，牙齿就像葫芦子白又齐，额头宽大方正，微微地一笑酒窝顿现，一双美目顾盼生辉。有了这首诗后，我们知道原来人的五官是可以这么比拟的，那些看似只能依靠绘画或者摄影才能记录的美丽，如果使用妥当的言语依然可以再现。看看这位天才诗人的比喻，所比的都是一些生活中常见的事物，被作者信手一拈，就可以把五官的特点形容得惟妙惟肖。后代很多描写女子的诗句都受到《硕人》的影响，如汉乐府《孔雀东南飞》中描写刘兰芝的外貌："指如削葱根，口如含朱丹，纤纤作细步，精妙世无双。"

清人姚际恒感慨说："千古颂美人者无出其右，是为绝唱。"可惜的是他只知其一不知其二，或者他可能不忍心把庄姜背后的痛苦说出来。《毛诗序》中说："《硕人》，闵庄姜也。庄公惑于嬖妾，使骄上僭。庄姜贤而不答，终以无子，国人闵而忧之。"看来在当时，即使是美貌出众的庄姜也没能避免遭遇"士贰其行"的悲惨局面。如此身份显贵的女人，拥有盛大隆重的婚礼，但在华美尊贵的背后却发出了"氓"中女子的哀叹声。也许了解了这一层之后，我们对"硕人"的美的认识才又加深了一步，就像我们细品"喜剧之美"和"悲剧之美"的区别一样，如果庄姜留给我们的永远是无可挑剔的外貌，我们可能会在瞬间被"惊艳"到，但时间一长就忘了，倘若多了解些庄姜的经历，恐怕她的美丽与哀愁更能拨动我们的心弦。这种萦绕在心灵上的琴声，怕是怎么也抹不掉的。

小知识◎求爱妙招五则

法则一:"窈窕淑女,琴瑟友之。"

《关雎》作为《诗经》的首篇,是中国情诗的开山之作,从最开始的苦苦相思"寤寐求之"、"寤寐思服"、"悠哉悠哉"到"琴瑟友之",男主人公终于靠自己的聪明才智把漂亮的女孩子追到手了。日思夜想等于纸上谈兵,对于恋爱进展没什么作用,所以男主人公想到自己的多才多艺,可以靠琴瑟箫管来打动女孩子的芳心。一直处在瓶颈期的恋爱工作终于打开了局面。这位喜欢音乐的姑娘与男子一拍即合,情投意合。这下大家都恍然大悟了,大学里那些在女生楼下抱着吉他深情演唱的男子原来是从《诗经》中学的方法呀。

法则二:"白茅纯束,有女如玉。"

现在的男生想要追一个女生,一般会送花给她,而且千篇一律都是玫瑰花。但《诗经》中的男子对心爱的女子送礼可有心多了。"白茅纯束,有女如玉"此句出自《召南·野有死麕》,意思是说一个年轻的男子去郊外的树林打猎,猎获一只鹿,用洁白的茅草席把它包好,然后送给那位姑娘,那位姑娘一看就春心萌动了。这位男子非常聪明,一方面投姑娘所好,送其贵重的"毛绒玩具",另一方面,打猎是当时男子的主流职业,男子有意无意地展示了自己的男子气概,这个礼物让人印象深刻。这就启示那些徘徊在女生楼下的男生:送礼不仅要有新意,而且这个礼物最好能恰当地展示自己的才华。毕竟得到女子的关注是展开"攻势"的第一步。

法则三:"匪女之为美,美人之贻。"

古时候的女子可比现在的女子开放多了,喜欢男子就大胆地表白心意,毫不扭捏做作。有的时候还会做一些善意的逗趣,给恋爱生活加点糖。《邶风·静女》中的静女就是这样一位古灵精怪的女子。这位静女本来"俟我于城隅"却又偏偏"爱而不见",急得男子"搔首踟蹰",然后静女突然出现在男子面前,还送给他带有浓郁芳香的泽兰作为信物,男子几乎要"破涕为笑"了。在适当的时候用一些小技巧可以让爱情的滋味更加甜蜜。

法则四:"东门之枌,宛丘之栩。"

在《诗经》时代,陈国东门的宛丘和郑国的溱洧河畔是两个十分出名的约会场所。陈国每年的大型相亲会就在宛丘举行,到了"穀旦"之日也就是后世所说的三月初三仲春之会的日子,成群结队的男女就都拥到了城郊,看看有没有中意的男子或者姑娘。据说成功率还挺高的。对于我们现代社会而言,周围的交际圈比较狭窄,所以有时间多参加相亲活动,多认识一些人也不是什么坏事。

法则五:"投我以木瓜,报之以琼琚。"

所谓"来而不往非礼也"。《诗经·卫风·木瓜》是一首千古情诗。诗中热恋的男女互诉衷肠,感情真挚浓烈。"投我以木瓜,报之以琼琚"中的"木瓜"和"琼琚"几千年来一直被男女当做定情信物。《红楼梦》中的林黛玉和贾宝玉的"木石前盟"其实也就是这句诗的演绎。这简单的诗句其实是说恋爱中最重要的是彼此之间付出的真挚感情。无论是互赠信物还是互诉衷肠都"匪报也",而是为了"永以为好也"!男女双方交往时互赠礼物不是报恩的关系,也不是利益的关系,是为了"执子之手,与子偕老"。只要有真心,恋爱中的所有难关都能渡过。

3.《柏舟》承相国之志

《诗经》中以"柏舟"为题的诗共有两篇,分别是《邶风·柏舟》和《鄘风·柏舟》。粗略一读觉得这两首诗的主旨相差不大,都是情诗,可细细品之还是有所不同。《鄘风·柏舟》说的是一位少女爱情受挫,自己有了意中人,无奈遭到了家长的反对,由柏舟起兴,表达内心孤独无靠的感情。"泛彼柏舟,在彼中河。"柏舟看似自由飘荡,却也受到水的制约,人在"江湖",身不由己,正所谓"水能载舟,亦能覆舟",至于船只的命运就全看天意了。看来这位聪明的女子虽然以诗咏志,想让母亲"谅人只",但对结果却不抱多大的希望,因为只怕自己也如同那柏舟一般,再期盼自由,终离不了父母之命。还有一说这首诗是魏国太子共伯的妻子共姜所作,因为共伯早逝,共姜为其守节,但其父母强迫她改嫁,她就愤而作此诗是以明志。后来"柏舟之节"就用来形容坚定不移的感情。

鄘风·柏舟

泛①彼柏舟，在彼中河。髧彼两髦②，实维我仪③。之死矢靡它④！母也天只⑤，不谅人只！

泛彼柏舟，在彼河侧。髧彼两髦，实维我特⑥。之死矢靡慝⑦。母也天只，不谅人只！

[校注]

① 泛（fàn）：随水漂浮。

② 髧（dàn）：头发下垂状。髦（máo）：齐眉的头发。

③ 维：是，乃是。仪：配偶。

④ 矢靡它：没有其他。矢，誓。靡，无。

⑤ 也、只：感叹语气助词，无实义。

⑥ 特：配偶。

⑦ 慝（tè）：通"忒"，更改。

[翻译]

柏木舟儿轻轻摇，河中自由任飘荡。齐眉垂发的美少年，他是我的好对象。

发誓至死无别求！我的娘啊我的天，为何对我不体谅！

柏木舟儿轻轻摇，悠悠荡到河那边。齐眉垂发的美少年，他是我的新郎官。

发誓至死不变心！我的娘啊我的天，为何对我不体谅！

而另一首《邶风·柏舟》虽也有寡妇守志不嫁等说法，但将其理解为把"柏舟之节"发扬到庙堂之上也非不可。

邶风·柏舟

泛①彼柏舟,亦泛其流。耿耿②不寐,如有隐忧。微我无酒,以敖以游。

我心匪③鉴,不可以茹④。亦有兄弟,不可以据⑤。薄言往愬⑥,逢彼之怒。

我心匪石,不可转也。我心匪席,不可卷也。威仪棣棣⑦,不可选⑧也。忧心悄悄,愠⑨于群小。觏闵⑩既多,受侮不少。静言思之,寤辟有摽⑪。

日居月诸⑫,胡迭而微⑬。心之忧矣,如匪浣衣。静言思之,不能奋飞。

[校注]

① 泛(fàn):随水漂浮。

② 耿耿:不安的样子。

③ 匪:通"非",不是。

④ 茹(rú):容纳。

⑤ 据:依靠。

⑥ 愬(sù):同"诉",告诉。

⑦ 棣(dì)棣:雍容闲雅。

⑧ 选(xuǎn):通"巽",屈挠退让。

⑨ 愠(yùn):怨恨。

⑩ 觏(gòu):同"遘",遭逢。闵(mǐn):忧愁。

⑪ 辟(pì):通"擗",捶胸。摽(biāo):捶,打。

⑫ 居、诸:语气助词,无实义。

⑬迭：交替。微：昏暗不明。

全诗的大致意思是，掌舵之人虽有愁绪万分，但是只能随波逐流，空有一身抱负却无处施展，自己爱憎分明却不为亲人（君王）所理解，坚持自己的原则决不让步，却屡遭小人的陷害，遭受侮辱。他为自己一天又一天的碌碌无为辗转反侧、夜不成寐。即使想要借酒消愁，却发现到头来是"众人皆醉我独醒"的痛苦。

从《柏舟》中的相国失利的心绪蔓延开去，会发现自《诗经》始，几千年来的高妙文章中从不缺乏文人志士的报国无门的遗憾。这些郁郁不得志的文人与这位柏舟之人有共情之处。"安得广厦千万间，大庇天下寒士俱欢颜"的理想和抱负最终成了"人生在世不称意，明朝散发弄扁舟"的"豁达"，其实杜甫、李白和这位柏舟之人一样，不甘于驾一叶扁舟或撑一只柏舟泛舟湖上，远离政治中心的滋味清冷而又孤单，驾舟漂游看似惬意，但若内心放不下出仕宏图，心中仍郁结着各种烦恼，于柏舟上和端坐庙堂又有什么区别呢？

"我心匪鉴，不可以茹。"那些"不可以茹"的事情让这位诗人十分难受，他也遭遇了屈原一样的委屈，他问奔腾不息的江水怎样做才是对的，才能平复满腔的幽愤。"长太息以掩涕兮，哀民生之多艰。余虽好修姱以鞿羁兮，謇朝谇而夕替。既替余以蕙纕兮，又申之以揽茝。亦余心之所善兮，虽九死其犹未悔。"屈原也在提醒我们，轻轻的一叶"柏舟"能够承载自己的相国之志吗？即使承载了能经得起风浪的侵袭吗？在遇到危险屈辱的时候是否还能依然坚守自己当初的理想？短短的一首《柏舟》给我们开出了需要一生来回答的问题。其实"柏舟"已经在暗示我们，人可以像"柏舟"一样能从水中汲取灵感和动力，李白、杜甫如此，"江海寄余生"的苏轼也如此，孔子用一句话讲明了水的道理:"逝者如斯夫!不舍昼夜。"不光时间如水沉默而真实,人也应该同水一样,看似柔弱无比,但能容纳万物、掌控万物。古人讲究天人合一,万事万物都和水一样,都是在不舍昼夜地流动着,当事物是坚硬的,就以柔软的方式去化解,以静制动,以柔克刚。慢慢地水滴石穿,原先小小的努力终成最后的好结果。别人的随波逐流可能会有一时的得意,但那些都不是永久的,最终会被历史吞没,只有那些把"柏舟"的舵牢牢掌握在手里的人才能担起国家大任。

4. 丰富的"七月"农事

豳风·七月

七月流火①,九月授衣②。一之日觱发③,二之日栗烈④。无衣无褐,何以卒岁?三之日于耜,四之日举趾⑤。同我妇子,馌⑥彼南亩,田畯至喜。

七月流火,九月授衣。春日载阳,有鸣仓庚。女执懿筐⑦,遵彼微行⑧,爰求柔桑⑨。春日迟迟,采蘩祁祁⑩。女心伤悲,殆⑪及公子同归。

七月流火,八月萑苇⑫。蚕月条桑⑬,取彼斧斨⑭,以伐远扬,猗⑮彼女桑。七月鸣鵙⑯,八月载绩⑰。载玄载黄,我朱孔阳⑱,为公子裳。

四月秀葽⑲,五月鸣蜩。八月其获,十月陨箨⑳。一之日于貉㉑,取彼狐狸,为公子裘。二之日其同,载缵武功㉒。言私其豵㉓,献豜于公。

五月斯螽动股㉔,六月莎鸡㉕振羽。七月在野,八月在宇,九月在户,十月蟋蟀入我床下。穹窒㉗熏鼠,塞向墐㉘户。嗟我妇子,曰为改岁,入此室处。

六月食郁及薁㉙,七月亨葵及菽㉚。八月剥枣,十月获稻。为此春酒,以介眉寿。七月食瓜,八月断壶㉜,九月叔苴㉝。采荼薪樗㉞,食我农夫。

九月筑场圃，十月纳禾稼。黍稷重穋㉟，禾麻菽麦。嗟我农夫，我稼既同㊱，上入执宫功㊲。昼尔于茅㊳，宵尔索绹㊴。亟其乘屋，其始播百谷。

二之日凿冰冲冲，三之日纳于凌阴㊵。四之日其蚤㊶，献羔祭韭。九月肃霜，十月涤场。朋酒斯飨，曰杀羔羊。跻㊷彼公堂，称彼兕觥㊸，万寿无疆！

[校注]

① 流：向下降。火：星名，也称"大火"。此星在夏历的六月为正南方，位置最高，进入七月之后偏西往下行，所以称"流火"。

② 授衣：把裁制衣服的差事分配给女奴。

③ 一之日：本诗杂用夏历和周历。凡是说到"某月"的，指的是夏历；说到"某之日"的，指的是周历。周历的一月即夏历的十一月。觱发（bì bō）：寒风吹物的声音。

④ 栗烈：寒风凛冽刺骨。

⑤ 举趾：抬脚入田去耕种。

⑥ 馌（yè）：送饭。

⑦ 懿（yì）筐：深筐。

⑧ 遵：沿着。微行（háng）：小路。

⑨ 爰（yuán）：于是。柔桑：嫩的桑叶。

⑩ 蘩：白蒿。祁（qí）祁：很多。

⑪ 殆（dài）：害怕。

⑫ 萑（huán）苇：荻和苇。

⑬ 条桑：修剪桑枝。

⑭ 斧斨（qiāng）：椭圆柄孔的叫斧，方孔的叫斨。

⑮ 猗（yī）：“掎”的借字，拉着。

⑯ 鵙（jú）：伯劳鸟。

⑰ 绩：织麻布。

⑱ 孔阳：鲜明的样子。

⑲ 秀：植物不开花而结穗或者结子。葽（yāo）：即远志，一种草名，可入药。

⑳ 陨萚（tuò）：草木落叶。

㉑ 于：去，往。貉（hé）：貌似狐狸的一种动物。

㉒ 缵（zuǎn）：继续。武功：田猎之事。

㉓ 豵（zāng）：小猪，此泛指小野兽。

㉔ 豜（jiān）：古代指三岁的猪，这里泛指大猪、大兽。

㉕ 斯螽（zhōng）：蚱蜢。动股：两腿摩擦发出声音。

㉖ 莎（suō）鸡：纺织娘。

㉗ 窒（zhì）：堵塞。

㉘ 墐（jìn）：用泥土涂抹。

㉙ 郁：一种果实长得像李子的植物。薁（yù）：野葡萄。

㉚ 亨：同“烹”，煮。葵：菜名。菽：豆子。

㉛ 剥：通“攴”，击打。

㉜ 断壶：摘葫芦。

㉝ 叔：拾起。苴（jū)：青麻的子实。

㉞ 薪樗（chū)：把臭椿树当做柴火烧。

㉟ 重穋：都是谷类，但“重”早种晚熟，而“穋”晚种早熟。

㊱ 同：收割了，收齐。

㊲ 上：同“尚”，还要。执：执行，服役。宫功：宫内的琐事。

㊳ 于茅：去割茅草。

㊴ 索绹（táo)：搓绳子。

㊵ 凌阴：冰窖。

㊶ 蚤：早。

㊷ 跻：登上。

㊸ 称：举杯祝酒。兕（sì）觥（gōng）：一种酒器。

[**翻译**]

七月火星向西移，九月又要做寒衣。十一月狂风刺骨，十二月寒气逼人。也无衣服也无布，那要怎么过严冬？正月开始修农具，二月赤脚下田去。我的老婆和孩子，一起送饭到地里，田官来看喜洋洋。

七月火星向西移，九月又要做寒衣。春回太阳暖大地，黄鹂鸣唱在枝头。姑娘儿提着篓筐，沿着小道采桑去，采了碧绿嫩桑叶。春天白昼日渐长，采蒿姑娘真正忙。无奈心中真悲伤，怕与公子一道归。

七月火星向西移，八月割草和蒲苇。三月挑选嫩桑叶，拿出方斧和圆斧。伐老硬长枝条，小心翼翼采桑叶。七月伯劳喳喳叫，八月忙着去绩麻。染色有黑也有黄，我的红丝最鲜艳，送给公子做衣裳。

四月草木真茂盛，五月知了声声叫。八月开镰去收割，十月枝条始凋败。十一月猎获狐狢，忙把狐皮剥下来，留给公子做皮衣。十二月一齐出动，操练田猎习武功，猎得小兽归自己，大兽奉献给公家。

五月蚱蜢两股叫，六月纺织娘鼓翅。七月活跃在田野，八月迁到屋檐下。九月栖息门户内，十月潜入床底下。堵住洞穴熏老鼠，封北窗泥塞门缝。我的老婆和孩子，为了欢度新春日，此时搬来一起住。

六月吃郁和葡萄，七月煮葵和大豆。八月打了大枣吃，十月忙把稻谷收。还要酿制好春酒，祈求老人寿绵长。七月要吃新鲜瓜，八月就摘大葫芦。九月多摘点麻子，采摘苦菜当柴火。咱们农夫要温饱。

九月菜园改打谷，十月庄稼运进来。有黍稷高粱早稻，还有米麻和豆麦。哎,我们农夫忙,庄稼已经收割尽,又去城里修房屋。白天不停割茅草,晚上继续搓绳子。急忙上房去修缮,转眼又要播百谷。

十二月通凿坚冰,正月藏到冰窖中,二月一个好清晨,羔羊韭菜祭百神。九月降霜万物冻,十月收拾打谷场。两壶美酒宴友朋,杀只羔羊当佳肴。大家举杯登庙堂,相互庆祝来敬酒,欢呼"万寿无疆"。

《七月》是国风中最长的叙事诗,因为事关古人的日常生活细节,为诗者特别有感触,饱含感情地挥就了这篇"无上神品"。全诗共分为八节,按照农业收成的时间顺序有条理地娓娓道来,在我们面前出现的是类似电影蒙太奇手法的生动画面:百姓的衣食之苦和冬春之交的劳动;春日融融,少女养蚕却同时提防恶少的小心;农奴辛勤耕织,却是为公子裳;做罢衣服,农奴要替主人打猎;干最辛苦的活,农奴居住的却是最差的房子,吃的也是最糟糕的伙食;完成收割之后的农奴还要去主人家服杂役;一年终了终于可以歇会儿了,但是来年又是艰辛。读完《七月》的第一感受是同情,有很多人会愤而合卷,咬牙切齿道:"这奴隶主也太欺负人了!"

一些历史学家判断《七月》是古代奴隶社会阶级压迫的写照,揭露了奴隶制度的残暴。但用历史来定性这首《七月》似乎鲁莽了些,《七月》的理解层次可以有很多。如果我们再细细地品味一下这首诗,农人们血泪的背后其实有劳动的快乐和自足。这种说法并不是为了给那些坐享其成的贵族脸上贴金,也不是故意遮蔽农人的痛苦遭遇,更不是阿Q的自我"精神胜利法",而是一种对待生活应有的乐观态度。生活不是十全十美的,人对更好的生活状态有追求,但能不能因为不满意当下就一直批判、讨厌生活呢?不能!这样,人永远不能得到快乐,因为憎恨会剥夺我们发现美的眼光。看看《七月》的最后一句话,

三 文学瑰宝 闾巷之"风"

朋友们高举酒杯开怀畅饮："朋酒斯飨，曰杀羔羊。"相比于那些浑浑噩噩的主人，每天想着怎么与女子"同归"的公子哥儿们，农人们的这句"朋酒斯飨"问心无愧，他们杯中的美酒更香甜。

如果我们一直把这首诗的解读重点放在阶级对立等政治层面的意义上，可能会忽视了诗歌本身的意义——对真实生活的探索。诗歌固然不是一块真实的面包，但有时胜过面包，因为诗歌让我们知道生活是立体的，我们不必拘泥于原先的认知，从而获得更快乐的感觉。中国的先民们其实早就料到了这一点，没错，他们的生活确实非常辛苦：没有卒岁的"衣褐"，没有丰盛的美食，寒冬腊月也没有温暖的房屋，刚过完年就要下地种田，但是"同我妇子，馌彼南亩"这句却道出了苦中的甜，刺骨的泥水固然痛苦，但看到自己的老婆孩子给自己送饭，还是很幸福的。美丽的少女在"春日载阳，有鸣仓庚"的日子去采摘嫩桑，枝抽嫩芽，鸟啼婉转，又是一幅多么喜人的田园风光。特别是第五节"五月斯螽动股，六月莎鸡振羽。七月在野，八月在宇，九月在户，十月蟋蟀入我床下"，没有用一个"寒"字，却像用一架微型的摄像机把昆虫鸣叫、蟋蟀迁徙等细节摄入，体现的是寒气一点点逼近，让读者有亲临之感。

古人多靠天吃饭，因此分外地看重气候环境，但自然现象在他们眼中不是"工具"，而是神灵，所以《诗经》中的自然描写都是有灵气的。这些天才诗人赋予了自然意象以独特的意义和美学特征。比如对日月星辰、风雨雷电的描写非常出彩："日居月诸，照诸下土"（《邶风·日月》）；"月出皎兮"、"月出皓兮"、"月出照兮"（《陈风·月出》）；"凯风自南，吹彼棘心"（《邶风·凯风》）；"习习谷雨，以阴以雨"（《邶风·谷风》）；"穆如清风"（《大雅·烝民》）。

面朝黄土背朝天的农奴们会关注这些生活的细微之处："春日载

谷雨
"雨生百谷",古人在谷雨之日开始一年的农事

阳,有鸣仓庚","七月鸣䴗,八月载绩","五月斯螽动股,六月莎鸡振羽","二之日凿冰冲冲,三之日纳于凌阴",他们忙着种田、割草、收麦、打猎,也注意到周围的自然环境变化,将自己纳入自然中,自然景物与人物活动和谐地融合在一起,《七月》勾画的是淳朴的天人合一图。而且,它的叙述语言精练清晰,姚际恒《诗经通论》赞叹曰:"凡春耕、秋收、冬藏、采桑、染绩、缝衣、狩猎、建房、酿酒、劳役、宴飨,无所不写,无体不备,有美必臻,晋唐后陶、谢、王、孟、韦、柳田家诸诗,从未臻此境界。"

小知识◎《诗经》时装秀

　　从《诗经》时开始,"天子躬耕,皇后亲蚕"是历朝历代统治者都需要完成的仪式。仲春二月,皇后到都城的北郊进行"亲桑"和"亲缫"的仪式,为妇女们作出榜样,号召大家多多养蚕产丝。"十亩之间兮,桑者闲闲兮,行与子还兮。十亩之外兮,桑者泄泄兮,行与子逝兮。"《诗经·魏风·十亩之间》就有相应的记载,中国到了西周的时候,已经有了官办的纺织作坊,可以织出非常轻柔飘逸的绫罗绸缎。而麻织布的出现比丝织品更早,《诗经·豳风·七月》、《诗经·小雅·大东》中都谈到了人们织布的情景。苎麻布是《诗经》时代普遍的衣料,上至王公贵族,下至奴隶都穿苎麻,当然,从苎麻的质量好坏可以看出人的不同身份。

　　西周的时候已经建立了比较严苛的穿衣制度,所谓在其位穿其服,不可僭越,如上层人穿得宽薄,下层人就穿得窄小。春秋时期以紫色为贵,所以一般人不能穿紫色。但当时大多数人穿的衣服颜色都偏深,因为当时的流行色是深色,除了耐脏之外,深色衣有将身体深藏之意。比如缁衣和黻衣的颜色就很深,缁衣是黑色的朝服,而黻衣是黑青相间的带有花纹的礼服。

　　而帝王的着装就讲究得多了。《尚书·益稷》中记载了帝王的衣裳得有十二章纹:日、月、星辰、山、龙、华虫、宗彝、藻、火、粉米、黼、黻。这个传统一直延续到了清朝。"命服"是天子按照等级授予百官的礼服。《王风·大车》曰"大车槛槛,毳衣如菼"中"毳衣"是指朝廷百官所穿的官服,是他们的工作服;据闻一多的考证,一般是用野兽的细毛做成的。象服是诸侯的夫人才能穿的,象服上有很多像鸟的羽毛一样的图案。

除了朝廷中人对衣服的讲究之外,女人因为爱美,对服装更是具有天生的敏锐度。那时贵族妇女之中流行一种叫"展"的绉纱礼服,"瑳兮瑳兮,其之展也"(《诗经·鄘风·君子偕老》)。"展"是一种用白纱做成的衣服,穿在身上,女子看起来就像玉一样鲜丽。私下揣摩,穿上的效果大概和

妇女纺纱
中国是最早用蚕丝来制作衣物的国家。所以纺纱织布是常见的生产生活活动。桑林也就成为了诗人争相吟诵的对象。桑林在《诗经》中既是祭祀的圣地(《商颂·桑林》),又是男女进行约会的好地方(《鄘风·桑中》)

三 文学瑰宝 闾巷之"风"

金庸笔下的小龙女差不多吧。

《诗经·秦风·终南》说"君子至止,锦衣狐裘"。"锦衣"在古代是身份显贵的人才穿得起的,但其实锦衣只是一种用麻布制成的单罩衣。连贵族都只能穿麻布,可见当时若是处在社会底层的百姓要真正吃饱穿暖是比较困难的。不过穷苦男子有可能会穿"袍"(《秦风·无衣》),"袍"类似带夹层的斗篷,里面有丝绵可以保暖,一衣可以多用,行军的时候当衣服,睡觉的时候当被子。"泽"是与身体直接接触的里衣,所以形容两人关系很铁就说是"袍泽兄弟"。

牛耕图

商周时期,牛是作为祭祀用的圣物而出现的,在青铜器皿的兽面纹上可以经常看到牛的形象。到了春秋时期,牛可是作为一种农业生产的动力,极大地解放了当时的劳动力

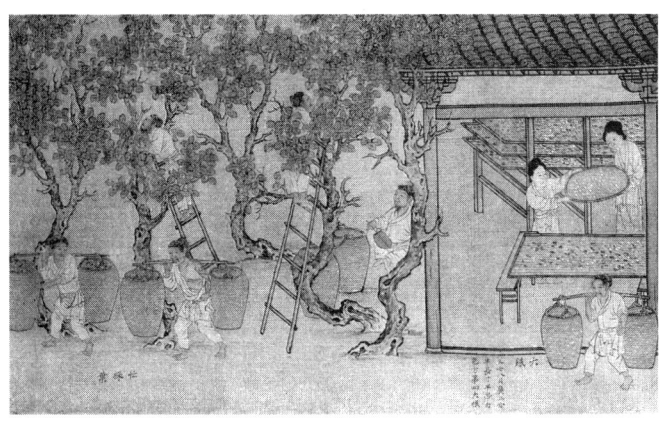

蚕织图

养蚕的人家从"腊月浴蚕"开始,再把蚕茧"下机入箱"为止的养蚕、织帛的生产过程

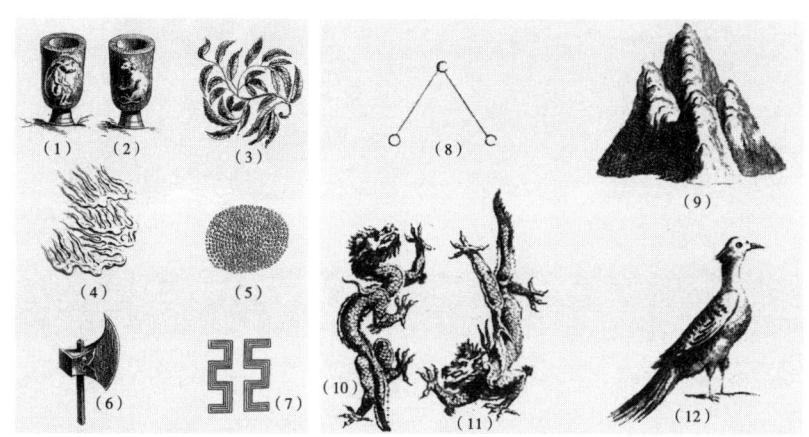

十二章纹

十二章纹是皇帝在最隆重的场合所穿礼服上装饰用的纹样，代表着吉祥如意，每一种纹样都有不同的含义：
（1）（2）为宗彝（一种祭祀礼器），代表忠孝；（3）为藻（水草），代表洁净；（4）为火，代表光明；（5）为粉米（即白米），代表滋养；（6）为黼（斧形），代表决断；（7）为黻（常作亚形或两兽相背形），代表明辨；（8）为星辰，代表照临；（9）为山，代表稳重；（10）（11）为龙，代表应变；（12）为华虫（一种雉鸟），代表华丽

5. "蜉蝣"之生命真谛

蜉蝣是目前所知世界上寿命最短的昆虫,明朝李时珍用"朝生暮死"来形容蜉蝣。蜉蝣的幼虫大多数生活在淡水湖或者溪流中,在水中默默地等待 3 年甚至更长的时间,接着艰难地爬到水面的草上,蜕变成成虫,在某个夏日的午后,成群"婚飞",在旁等待的雌蜉蝣瞧准对象之后飞入群中与雄虫配对,蜉蝣把卵产下来之后,就死去了。蜉蝣成虫的存活时间不到 24 小时,它们甚至来不及进食,之前漫长的等待就成为一次华美的飞行,"生如秋叶之静美,死如夏花之绚烂"。

蜉蝣其实是一种非常美丽的生物,它的体态修长,体壁柔软,特别是一对透明的大翅膀,"婚飞"时在空中翩然起舞,羽翼好比是少女衣袂卷舒,华美之极,宛如敦煌飞天沉睡千年之后的苏醒,用一千年的等待来人间舞一曲,舞罢香消玉殒。荆棘鸟也是如此,它一生只唱一次歌。一直在寻找荆棘树,找到了就把自己身体扎进最尖的荆棘上,用血泪放声歌唱,一曲终了,以身殉歌,以生命为代价的舞蹈和歌声应是怎样惊心动魄!一个为了生命的延续,一个为了"一展歌喉",都像飞蛾扑火般义无反顾。

曹风·蜉蝣

蜉蝣之羽，衣裳楚楚①。心之忧矣，于我归处②。
蜉蝣之翼，采采③衣服。心之忧矣，于我归息。
蜉蝣掘阅④，麻衣如雪⑤。心之忧矣，于我归说⑥。

[校注]

① 楚楚：鲜明的样子。

② 于：同"与"。归处：死亡。

③ 采采：光洁鲜艳的样子。

④ 掘阅（xué）：挖穴而出。阅，通"穴"。

⑤ 麻衣：白布衣，古代诸侯、大夫等统治阶级日常衣服。此指蜉蝣透明的羽翼。

⑥ 说（shuì）：止息。

[翻译]

蜉蝣扇动着羽翼，如衣裳鲜明漂亮。心里的忧伤不绝，我们归宿都一样。

蜉蝣的羽翼盘旋，如衣衫华丽闪亮。心里的忧伤不断，我们归宿在一处。

蜉蝣破穴而新生，如麻衣洁白如雪。心中的忧伤绵延，我们归宿在一起。

读罢《蜉蝣》之后，我们常会扪心自问：像蜉蝣那样的生命值得吗？什么样的生活才是我们应该过的，这个问题也困扰了古人很久，于是庄子才先验性地写了《逍遥游》，他说："小知不及大知，小年不及大年。奚以知其然也？朝菌不知晦朔，蟪蛄不知春秋，此小年也。楚之南有冥灵者，以五百岁为春，五百岁为秋；上古有大椿者，以八千岁为春，八千岁为秋，此大年也。而彭祖乃今以久特闻，众人匹之，不亦悲乎？"蜉蝣与庄子《逍遥游》笔下的"朝菌"有几分相似，在椿树面前，蜉蝣的生命固然是短暂的，但是在历史的长河之中，谁的生命又是永恒的呢？人总是抱怨自己得到的太少，不如意的太多，就像我们对待蜉蝣的态度，觉得它很可怜，其生命如此短暂，但在彭祖看来，人的生命不也和蜉蝣一般转瞬即逝吗？唐代诗人王禹有句诗"梦中非蛱蝶，世上本蜉蝣"，一语道破了天机。每个人都能把自己的当下活好，多姿多彩的一秒钟和浑浑噩噩的一生优劣自现。苏东坡曾感慨，"寄蜉蝣于天地，渺沧海之一粟"，时间长短并不由人自己掌握，快乐与否在于自身。

　　古人对这首诗的评价有很多，《毛诗序》说是含"刺奢"之意，朱熹则说是"玩细娱而忘远虑者"。但清代方玉润对他们进行了反驳："盖蜉蝣为物，其细已甚，何奢之有？取以为比，大不相类，天下刺奢之物甚多，诗人岂独有取于掘土而出，朝生暮死之微虫耶？即以为玩细娱而忘远虑，亦视乎其人所关轻重为何如耳。若国君则所细非轻，小民又何足为重？但曰诗人，诗岂必存？曹既无征，难以臆测，阙之可也。"说到底，最被人接受的就是这首诗所表达的直接意思：一个大胆女子爱上了男子而不得的痛苦之意，蜉蝣群飞虽然美，但持续的时间却是那样短暂，《蜉蝣》中的女子深知青春美貌就像蜉蝣一样短暂，于是转而哀叹自己的身世，心中愁绪郁结，一股惆怅之意油然而生。其实对于生命的长短本不必太过杞人忧天，蜉蝣"无忧无虑"享受片刻的欢愉，人生的精彩虽转瞬而逝，但因为短暂所以才要更加珍惜。司马迁说"人固有一死，或重于泰山，或轻于鸿毛"，但到底哪种死才是"重于泰山"太史公没有明说，因为这根本就没有标准答案，每个人都有自己的道路要走，都会有崭新的不同于别人的人生，这是你自己的生活。胡适说："你不能写我的诗，正如我不能做你的梦。"这是一句充满哲学辩证意味的诗句，启迪我们无论是彭祖的高寿，还是蜉蝣的即逝同样重要，因为对个体而言，经历过的都是美的。

四 文学瑰宝 朝廷之『雅』

"雅"是指官方音乐,产生于西周王畿之地,当时人们把王畿之乐作为正声,也就是正统的音乐。"雅"的曲调和谐平正,舒缓悠远,听后使人心情愉悦。"雅"可分《大雅》和《小雅》,区分的依据各家说法不一,归纳起来主要有成诗年代、诗体形式、演奏场合、音调差异等之争。通俗一点说,《大雅》与"颂"比较接近,在比较正式的场合中演奏,而《小雅》接近民歌,在一般的士大夫的饮酒宴礼中吟唱,调子更轻快些。

1. 《鹿鸣》和周公吐哺

小雅·鹿鸣

呦呦①鹿鸣,食野之苹②。我有嘉宾,鼓瑟吹笙。吹笙鼓簧,承筐是将③。人之好我,示我周行④。

呦呦鹿鸣,食野之蒿。我有嘉宾,德音孔昭⑤。视民不恌⑥,君子是则⑦是效。我有旨酒,嘉宾式燕以敖。

呦呦鹿鸣,食野之芩。我有嘉宾,鼓瑟鼓琴。鼓瑟鼓琴,和乐且湛⑧。我有旨酒,以燕乐嘉宾之心。

[校注]

① 呦(yōu)呦:鹿鸣叫的声音。朱熹《诗集传》:"呦呦,声之和也。"

② 苹:藩蒿,俗名艾蒿。一说萍。

③ 承筐是将:古代用筐盛币帛双手送给宾客。承,双手捧着。将:献,送。

④ 示:告诉,指示。周行:大路,引申为为人处世的大道理。

⑤ 德音:符合道德礼节的话。孔:很。昭:明。

⑥视:同"示"。恌(tiāo):偷,轻薄。

⑦则:法则,榜样,楷模。这里作动词,以……为榜样。

⑧湛(dān):安逸快乐。

[翻译]

鹿儿呦呦叫不停,在那原野吃苹草。

我有宾客在客厅,弹琴吹笙奏乐调。

为他吹笙又弹簧,捧筐献礼礼周到。

人们都友善待我,教我道理指方向。

鹿儿呦呦叫不停,在那原野吃蒿草。

我有宾客在客厅,品德高尚才能显。

示人榜样不轻浮,贤人学习好榜样。

我有美酒献宾朋,宴请嘉宾任逍遥。

鹿儿呦呦叫不停,在那原野吃芩草。

我有宾客在客厅,弹瑟弹琴奏乐调。

琴瑟和谐曲调美,快活尽兴同欢笑。

我有美酒献宾朋,心中快乐无法比。

《鹿鸣》据说是一首周王宴请群臣宾客的诗,诗人从鹿鸣起兴营造了和乐融融的君臣同乐的欢愉气氛:主人热烈欢迎宾客到来,宾主之间交流治国安邦之策,互赞高尚的品德,以酒相敬畅言甚欢。就像野外觅食的鹿寻到艾蒿而呦呦而鸣、呼朋唤友。不仅是在《诗经》里,我国古代的传说中也认为鹿是一种善良而又温驯的动物。古人都希望能够像神话中的仙人那样乘着神鹿游览大江名川。有李白的诗句为证:"且放白鹿青崖间,须行即骑访名山。"佛教故事里说到佛祖曾经化

白鹿
白鹿在古时被认为是喜庆、吉祥的象征

身为鹿,"众鹿数千为群,皆来依附"。"群鹿来归"被认为是吉祥、喜庆的象征。所以《小雅·鹿鸣》中以鹿起兴也有讨吉祥和谐之意。因此《鹿鸣》也就被指定为宴乐之曲了。

野鹿尚且懂得食物要与朋友分享,更何况人呢?于是大家互通有无,交流才学,共献君王。在知识面前,君臣处在了相对平等的位置上。从《鹿鸣》这首诗还可以引申到国君需要倾听臣子治理国家的政策,广开言路、虚心纳谏。所以古往今来以《鹿鸣》作为鞭策自己采纳谏言的君王大有人在,曹操就是其中一个。

曹操《短歌行》诗句中"呦呦鹿鸣,食野之苹。我有嘉宾,鼓瑟吹笙"引用了《诗经》中"鹿鸣"这一意象,表达的就是他求贤若渴的心情。根据古史的记载,直到魏晋时期,《鹿鸣》的古曲调依然存在,而且鹿鸣还是钟鸣鼎食之家宴会的主题乐。所以尽管在最开始《鹿鸣》可能只是君臣宴会上的歌曲,但是发展到后来在民间场合也能出现了。

朱熹《诗集传》云:"岂本为燕(宴)群臣嘉宾而作,其后乃推而用之乡人也欤?"这种判断是有可能的。曹操平定荆州时,汉代的雅乐郎杜夔就为曹操演奏了《鹿鸣》,据说曹操听后深受感动。尽管读过《三国演义》的人可能对曹操没有什么好感,因为虽然不乏一些有识之士前来投奔他,但是曹操嫉才,疑心过重,杀杨修、兵败赤壁就是最有力的证明。古代懂得"鹿鸣"之道的君王很多,但真正可以做到像"周公"那样爱护贤才的没有几个。"吐哺"更像是一个可望而不可即的道德神话。

"周公吐哺"的"周公"是周文王第四子,武王的弟弟,《史记·鲁周公世家》中说:"周公戒伯禽曰:'我文王之子,武王之弟,成王之叔父,我於天亦不贱矣。然我一沐三捉发,一饭三吐哺,起以待士,

吐哺亭
陕西岐山县周公庙凤凰山景区

犹恐失天下之贤人。子之鲁，慎无以国骄人。'"说的是洗头发的时候多次握着未梳理的头发冲出去接待贤人，吃一顿饭得好几次吐出口中的食物，忙着接见前来投靠的人。那些有识之士都深深地被周公求才若渴的言行所打动，纷纷投入其麾下。

除了作为宴会之乐外，《鹿鸣》已经成为古时人们社会生活的一部分。唐宋时期依然保留着这样的仪式：秀才如果考取了乡试，这个地区的州县长官都会按照朝廷所规定的仪式举办宴会，这个宴会就叫做"鹿鸣宴"。整个宴会的流程一般是这样的：主考官、监临官和学政等数人一起光临"鹿鸣宴"，州县的官员代表他们当地的考生和百姓向这些教育大官们致谢，表达对他们的感激之情，类似今天在欢宴之前的致辞，接着就会邀请这些官员上台，向他们颁发金银花杯盘、绫罗绸缎等礼物，感激他们慧眼识人才。接着新科举人出场，州县官员就把顶戴衣帽等代表举人身份的衣物正式颁给这些新科举人，此项仪式完毕之后，就是感激皇帝的谢恩礼。到此为止，整场"鹿鸣宴"最重要的点睛之笔还没有完成，就是大家齐唱《诗经·小雅·鹿鸣》篇，乘着酒兴，跳起"魁星舞"，将自己当做天上的文魁星下凡，等到舞蹈一结束，大家都一拥而上开始正式的欢宴。直到清代，这个习俗依然被沿用。因为这不仅象征了国家爱才的国策，对于个人来说，能参加"鹿鸣宴"也是光耀门楣的喜事。尚未入仕就能享受如此高规格的礼遇，入仕之后当然步步高升在望，难怪范进中举之后竟然欣喜发狂以致真的发狂了。

《鹿鸣》原本的意思可以用孔子的一句话概括——"有朋自远方来，不亦说乎。"子路说："愿车马衣裘，与朋友共，敝之而无憾。"《鹿鸣》根据宴请人的不同而产生不同的阐释，如果是君主宴请宾客，则有求贤之意，而普通朋友之间的觥筹交错则表示要共建友谊。不管怎么说,《诗经》有意思的地方正在于它具有诗歌的模糊性,否则的话,也就不能引起千百年来文人骚客们对此源源不断的阐释发挥了。

小知识◎做一桌古人的饭菜

我们在街上随处可见饭店打出的私房菜、传家菜的招牌,但要真的吃到原汁原味的古菜,怕是很困难,即使菜谱是从曾曾曾曾曾……祖父那传下来的,食材经过千年的变化,味道可能也大不一样了,当然,这并不妨碍我们偶尔心血来潮,照着《诗经》做几道绝对养生、健康的菜。

主食一般是肉,可因为不能使用酱油、味精、鸡精等现代调味品,所以我们只能用纯水把肉煮熟。当然,如果你想尝试一下茹毛饮血的生活也可以试试生肉的味道,不过估计味道不会太好。等肉煮熟之后你把它放到一种名叫"登"的瓦制容器之中,然后在这盘肉的旁边准备一碟盐,蘸着吃。

荇菜
浅水性植物,荇菜的根茎可以吃,当做蔬菜用来煮汤,非常滑嫩,在古代是非常好的绿色美食

这个时候你的内心是不是升起了一股"大碗喝酒,大口吃肉"的豪气?

爱美的女性可能要抱怨说光吃肉容易上火,不要着急,我们还得准备几样精致的小菜。古人一般喜欢吃腌菜,就是用盐腌制的菜蒸熟之后盛到"陶豆"里。陶豆是用陶土烧制成的,上面是盘,下有长握,有点像现在的高脚盘。一般是有盖子的,可能他们觉得腌菜制成后再用盖子焖上一会儿吃起来更鲜。《诗经》中提到了许多植物,这些植物往往是好吃的野菜。比如"参差荇菜,左右流之"中的"荇菜"是一种可以吃的水草;"谁谓荼苦,共甘如荠"中的"荼"是一

苤苢
在荒地或路旁常见,嫩叶可食,全草与种子都能够入药

种苦菜，"荠"则是带有甜味的地米粟；"采采芣苢，薄言采之"，"芣苢"就是指车前草；"彼采葛兮。一日不见，如三月兮"中的"葛"是一种蔓生植物，可以吃。其他可以吃的野菜还有很多。

菜做好了，可以用簋盛米饭。簋一般是用青铜或者陶做的，体形比较厚重，外面装饰有云纹或者乳钉。所以如果你想要端起簋来吃饭怕是十分困难。簋虽然很沉，但并不大，因为《国风·权舆》中说："于我乎，每食四簋，今也每食不饱于嗟乎。"意思是说我以前每次吃四碗饭，但还是吃不饱。

吃完饭后可以吃放在笾中的水果，笾是一种用竹篾做的"豆"（"竹豆谓之笾"《尔雅·释器》）。古人能吃到的水果品种还是很多的，桃、李、枣、栗等都很常见，梨、梅、柿、瓜、桑葚、山楂、樱桃也能吃到。看来古人的饭菜挺丰盛的。

2.《采薇》和醉卧沙场

小雅·采薇

采薇采薇,薇亦作止①。曰归曰归,岁亦莫止。靡室靡家,玁狁之故。不遑启居②,玁狁之故。
采薇采薇,薇亦柔止。曰归曰归,心亦忧止。忧心烈烈,载饥载渴。我戍未定,靡使归聘。
采薇采薇,薇亦刚③止。曰归曰归,岁亦阳④止。王事靡盬⑤,不遑启处。忧心孔疚⑥,我行不来⑦。
彼尔⑧维何?维常⑨之华。彼路⑩斯何?君子之车。戎车既驾,四牡业业⑪。岂敢定居?一月三捷。
驾彼四牡,四牡骙骙⑫。君子所依,小人所腓⑬。四牡翼翼⑭,象弭鱼服⑮。岂不日戒?玁狁孔棘。
昔我往矣,杨柳依依⑯。今我来思⑰,雨雪霏霏⑱。行道迟迟,载渴载饥。我心伤悲,莫知我哀!

薇

一种草本植物,结荚果,嫩茎和叶都可以当蔬菜。通称"巢菜"、"大巢菜"、"野豌豆"

[校注]

① 作:生,指薇菜冒出地面。止:句尾语气助词。

② 不遑(huáng):无暇,没有时间。启:跪。居:坐。下文的"不遑起处"与此意思相同。

③ 刚:硬,指薇菜的茎叶变老了。

④ 阳:指夏历十月。

⑤ 王事:指征役。盬(gǔ):休止。

⑥ 孔疚:非常痛苦。孔,很。疚,痛苦。

⑦ 来:归。

⑧ 尔:通"苶",花盛开的样子。

⑨ 常:棠棣。

⑩ 路：辂，高大的战车。

⑪ 业业：高大雄壮的样子。

⑫ 骙（kuí）骙：马强壮貌。

⑬ 小人：指士卒。腓（féi）：遮蔽。

⑭ 翼翼：行列整齐动作熟练的样子。

⑮ 象弭（mǐ）：两端用象牙装饰的弓。鱼服：用鲨鱼皮制作的箭袋。

⑯ 依依：柳枝随风飘拂的样子。

⑰ 思：语气助词，无实义。

⑱ 雨（yù）雪：作动词，下雪。雨，这里作动词。霏霏：雪花纷飞的样子。

[翻译]

采薇菜啊采薇菜，薇菜芽已发了芽。说回家啊说回家，一年已经快过完。没有家也没有室，只因猃狁来侵犯。没有闲暇不定居，只因猃狁常为患。

采薇菜啊采薇菜，薇菜茎叶多柔嫩。说回家啊说回家，愁思在心乱如麻。忧心如火猛烈烧，又加饥渴日难熬。驻守营地无固定，没人回乡把信捎。

采薇菜啊采薇菜，薇菜茎叶已变老。说回家啊说回家，转眼又过了半年。公事征役无休止，想要休息没指望。忧思在心如煎熬，不知何时把家还。

那是什么花盛开？美丽棠棣正烂漫。高大马车是谁乘？将帅作战之所骑。驾御兵车已起行，马儿见状气势雄。不敢安居战事频，一月多胜捷报送。

驾起四马驱车行，马儿强壮又高大。将帅乘车作指挥，士卒靠车作掩蔽。四马步子齐向前，士兵持箭拿雕弓。无时无刻不警戒，猃狁侵扰军情急。

当初离家上战场，杨柳依依轻摇曳。如今返乡解甲归，雪花纷纷满天扬。道路泥泞且远长，又饥又渴苦难当。我乃心中一腔悲，谁知我身已断肠。

"醉卧沙场君莫笑，古来征战几人回。"这是唐人王翰的《凉州词》中的名句。盛唐将士的豪气和淡淡的忧伤相互掺杂，分外有感染力。时值今日，我们依旧会为这样的边塞豪情所感动。而那"大漠孤烟直，长河落日圆"的边塞风光，金戈铁马、餐冰卧雪的战争场面依然会让热血青年兴奋不已。可"一将成名万骨枯"，在硝烟弥漫的战场上空久久回荡着家破人亡的哀哭声。在战争诗中始终挥之不去的是"兴，百姓苦；亡，百姓苦"的忧伤情绪，不忍目睹，回味更寒。于是战士慷慨悲凉的勇气与缠绵婉转之情交织成了如泣如诉的乐章，《诗经·采薇》以一个参加戎狄（即猃狁）之战的普通士兵的口吻，写出了亲临战事的真切感受。

与直叙的战争诗不同，《采薇》没有在开篇就拉开"白骨露于野，千里无鸡鸣"的残酷幕布，而是采撷了一种柔软的植物——"薇"来隐指士兵的内心。"薇"是野生的豌豆苗，而采薇也许是士兵在家时母亲或妻子常干的农活。从"薇亦作止"到"柔止"再到"刚止"，一个季节轮回结束了，但是自己的兵役生涯却远远没有结束的征兆，出征时的"杨柳依依"，现如今"雨雪霏霏"。相信每一个在家期盼将士归来的亲人在接到这样的家书时都会泪流满面。

当然，诗中并不乏斗志昂扬之语，如"戎车既驾，四牡业业。岂敢定居？一月三捷"，"四牡翼翼，象弭鱼服。岂不日戒，猃狁孔棘"。这位年轻的士兵在家人面前骄傲地宣布军队的战绩，这时候整首诗的音调也达到了最高点,"靡室靡家"、"靡使归聘"、"忧心孔疚"的低沉情绪仿佛也被这种胜利的喜悦冲淡了一些。但是到了诗歌结尾,发现原来士兵思乡的情绪根本就没有排遣分毫,看似轻松的笑靥遮盖不住背后的悲伤。这正是《采薇》这首诗的高妙处。《采薇》中的情感不像瀑布那样一下奔腾直下,而是九曲回肠、曲折蜿蜒,在读者心里激起一层又一层波浪。王夫之在《斋诗话》中说:"以乐景写哀,以哀景写乐,倍增其哀乐。"《采薇》就是采用了悲喜极鲜明的对比来增强艺术的表现力。

《左传·成公十年》曰"国之大事,在祀与戎",反映了当时真实的社会面貌。但需要注意的是"国之大事"的"国"主要是指危坐高堂的统治者,而不是挣扎于温饱线的百姓。对于百姓来说,战争的成败固然重要,但是若有选择的余地宁愿不要战争。安定平稳的生活才是他们渴求的。在西周厉王统治时期,虽然中原地区农业文明不断发展,但也招致了周边少数民族的频繁侵扰。北方与西方的戎狄(即猃狁)、东南方的徐戎、南方的荆楚都想从中原掠夺财富。《小雅》中的《六月》、《出车》写的是抵抗猃狁的场景,《采芑》是写反抗荆楚的。

周厉王被赶出国都之后,周宣王即位,对周边的戎狄部落进行了反击,百姓为了保卫家园不得不参军卫国。而周宣王的儿子周幽王比其爷爷周厉王更有过之而无不及,宠溺褒姒,废原来的申后和太子,荒淫无度,把国家弄得乌烟瘴气。申后和太子联合他国并勾结猃狁攻国,最终镐京被破。于是秦地就沦陷为猃狁之地,秦民奋起反抗,《秦风·无衣》描绘的就是士兵同仇敌忾、共赴国难的场面,在极其艰苦的条件下,秦地士兵将自己身上的衣服赠给同伴,在辛酸中表达必胜的决心。

父母失养、妻离子散，战争留给人们太多的痛苦。《小雅》中的《北山》、《四牡》、《鸿雁》，《国风》中的《周南·卷耳》、《召南·殷其雷》、《王风·君子于役》、《邶风·式微》、《卫风·伯兮》，这种间接描写征夫、思妇、思乡、闺怨等诗都表达了相似的情绪。像《豳风·东山》这首更是情景交融，感人至深。一位退役还乡之人面对国破山河在的凄凉景象不禁悲从中来，不可抑止。国家灭亡了，征兵前的妻子也成了别人的新娘，"其新孔嘉，其旧如何"。杜甫的"感时花溅泪，恨别鸟惊心"可谓写出了他内心的感受。参军前的一幕幕与现在的场景互相交织在脑海中，归家前的喜悦与现实相抵触更突出了诗歌的"悲"。

小知识◎开着香车兜兜风

别以为香车是今人的专利，古人早就懂得驾车的享受了。《诗经》作为当时生活的文字照相机，自然不会放过这一极具时代风格的画面。

原始社会晚期，木板圆轮式路上运载工具是中国最早的车子。我们现在能够看到的最早的车的形象和实物均属商朝晚期。我们知道《诗经》主要记载的是西周初年到春秋中叶的社会面貌，所以从这点上看，《诗经》的那些关于车的记载还是很值得细细琢磨的。商周时期的车子的形状大致为两轮（轮子）、一舆（车厢）、一辕（驾车用的车杠，是一根稍曲的圆木）、两軛（车辕的前面套在牲畜脖子上的人字形的曲木）、一衡（用以缚軛驾马的横木）。马车最初出现的

创造舟车
河南新郑轩辕黄帝故里始祖殿壁画

时候是两马并驾的,到了西周初年就出现了四马驾车,所以在《诗经·大雅·烝民》中说到"四牡骙骙,八鸾喈喈",说的是四匹公马拉车的场景。这种四马拉的车速度已经很快了,有成语"一言既出,驷马难追"为证。而天子的车驾更是威风,是六匹马拉的马车。《逸礼·王度记》记载:"天子驾六,诸侯驾五,卿驾四,大夫三,士二,庶人一。"2002年10月,洛阳东周王城遗址发掘出18处东周车马坑遗迹,震惊考古界,而其中最大的发现就是一处六马驾一车的遗迹,印证了"天子驾六"的上古仪制。如今,这里已经建成"天子驾六博物馆",展示灿烂的东周文化。

因为《诗经》成书时期是社会生产力急剧发展和战争频繁时期,所以车被广泛地应用在日常的生活和战争之中。在周朝,制车业已经成为当时综合性的手工业生产部门,所以不排除在周朝已经有"4S"店的可能。我们现在的车分为客车、货车、吉普车、跑车、越野车等等，古代也不例外。那时除了战车有明确的区分之外（《周礼·春官》中有记载将战车分为戎路、轻车、阙车、苹车、广车五大类），日常的车也根据功能的不同而叫法不同。《诗经》中有六十多篇作品就专门写到了车马及其装饰。

"之子于归，百两御之。"（《诗经·召南·鹊巢》）其中的"两"字就是一种交通工具，这种车只有两个轮子，而如果我们仔细看"两"字也会发现，其实还能从"两"字上看到两轮车子的原形。

孔子的弟子子路曾坦率地表达自己的愿望是"千乘之国，摄乎大国之间"，尽管夫子哂之，但不难看出古时用"乘"的多少来衡量一个国家国力和军事力量的大小。"乘"就是四马一舆。《诗经·鲁颂·闷宫》专门说到了"公车千乘，朱英绿縢，二矛重弓"，表现的就是鲁国兵力的强盛。

是古代一种轻便的车，《诗经·秦风·驷驖》中"辅车鸾镳，载猃歇骄"就是用来形容轻车铃声悦耳，主人载着猎犬回家的场景。而《诗经·小雅·何草不黄》："有栈之车，行彼周道"就介绍了一种货车。"栈"是当初比较常见的一种货车，一般是用竹木散材制成的，比较朴素，装饰较少，可以用来装载货物或者让普通的老百姓坐。

"四骐翼翼，路车有奭"（《诗经·小雅·采芑》）中的"路车"可不是谁想坐就能够坐的，"路"是古时身份权势的象征，类似现在的林肯、悍马、宝马、奔驰这样的豪华车。如果你能坐上"路车"那就拉风了，因为那是古时诸侯所乘之车。《左传》中就有这样的记载：周公分封子弟"分鲁公以大路，大旂"、"分康叔以大路"。所以在路上看到这样威严显赫的车子就可以猜到坐在里面的肯定是非富即贵之人。

再说一种叫做"田车"的车，在《诗经·小雅·吉日》中谈到了"田车既好，四牡孔阜"。田车说白了是一种越野车，具备打猎的功能，所以当时的人们去野外打猎的时候就驾驶这种车，满载而归。

说到车就不能不提车饰，《诗经》中描写车饰的句子非常多，而且叙述十分细致，连马车的缰绳都有丰富形象的词汇来极尽勾画："六辔如濡"、"六辔如丝"、"六辔沃若"、"六辔既均"（《诗经·小雅·皇皇者华》）对缰绳进行了极其精细的描绘。而像"路车"这类皇室贵族或将帅所坐的车装饰就更加气派了。《诗经·小雅·出车》："设此旐矣，建彼旄矣。彼旟旐斯，胡不旆旆？"就说了车上不仅挂着龟蛇纹的旌旗，旗杆上还有牛尾饰，那绘有鸟隼形象的旗帜也在迎风招展。而《诗经·秦风·驷驖》"輶车鸾镳"中的"镳"是马嚼子，最初是用动物的骨头、角来做的，西周之后因为青铜业的发展，"镳"也升级了，也可以用青铜做。鸾是能发出清脆之声的铃铛，每匹马有两铃，所以有"四牡骙骙，八鸾喈喈"一说。我们完全可以想象西周时期街上熙熙攘攘的人群，时不时还有装饰华美的马车奔驰而过，让人心向往之。

说到香车，当然也要提到好司机了。西周君主周穆王就是一个特别喜欢兜风的人，给他驾车的是驰名天下的造夫，造夫原来向泰豆拜师学艺，虽然泰豆在开始并不乐意教造夫，但很快造夫就表现出了在驾车方面的天赋，造夫还从华山中给周穆王挑选了八匹骏马，这八匹马来历不凡，原来是武王

《罔作大正图》
描绘造父献八骏给周穆王的故事,清光绪孙家鼐《钦定书经图说》插图

伐纣定天下之后散放在华山战马的后代子孙,这八匹马分别叫做赤骥、盗骊、白义、逾轮、山子、渠黄、骅骝、騄耳。而造父就驾着这"八骏"带着周穆王远游,这八匹神马无论走多崎岖的道路都如履平地,而周穆王也长驱四游,乐而忘归。

古人的生活也相当悠哉悠哉,马车当然不能和现在的飞机、高铁、轻轨相比,但是当时的人们都凭借自己的聪明才智在不断地"提速",人类对速度的追求早在那个时候就开始了。

3. "灵台"和建筑事业

周文王,姬姓,名昌,在古代历史上是有名的贤君,周民族在文王统治时期实力得到了很大的加强。文王被商纣王封为西伯,就是掌管西方的诸侯之长,所以世称西伯昌。文王在伐商朝奸臣崇侯虎之后,从西岐迁都丰京。为了进一步增强自己的实力以推翻商纣王的暴虐统治,文王要夺取密须国,所以与密须国展开了激战。战争快要结束的时候,密须国内出现了彩虹,其国人认为这是上天让周文王胜利的旨意,就把自己的国君交给了周文王。文王凯旋而途经今天甘肃平凉市灵台县的时候,为祭天昭德,并正式向商纣王宣战,筑台以行庆典。开工之后,连密须国人也纷纷前来帮忙,此台便像得到了上苍的保佑迅速地建成了。"白鸟翯翯,麀鹿攸伏",好一派大观气象!民众颂扬文王的功德,称其台为"灵台"。《诗经·大雅·灵台》说的就是周文王修建灵台的壮举。

文王创建"灵台"之后,灵台成了天子祭祀、朝聘诸侯的场所,除此之外,还用来登高观望星象,为农事活动制定历法或者占卜凶吉。王侯闲来无事还可以登高望远、颐养身心。等到周平王东迁后,秦国占据了原来属于西周的故地，增设了灵台的附属建筑，还对原来的馆舍进行了扩建。鲁僖公十五年（公元前645年），秦获晋侯，将他关押在灵台。这说明到了春秋时期，灵台不再是纯粹意义上的祭祀平台了。

大兴土木大多会导致百姓怨声载道，民不聊生。但是生产技术十分落后的商末周初，为什么文王修筑灵台、灵囿、灵池能得到百姓的热烈拥护？其中的奥秘还是值得我们深究的。

大雅·灵台

经始灵台①，经之营之。庶民攻之，不日成之。经始勿亟②，庶民子来。王在灵囿，麀鹿③攸伏。麀鹿濯濯④，白鸟翯翯⑤。王在灵沼，於⑥牣鱼跃。

虡业维枞⑦，贲鼓⑧维镛。於论鼓钟，於乐辟廱⑨。於论鼓钟，於乐辟廱。鼍⑩鼓逢逢，矇瞍奏公⑪。

[校注]

① 经始：开始计划营建。灵台：古台名，故址在今陕西西安西北。

② 亟：同"急"。

③ 麀（yōu）鹿：母鹿。

④ 濯（zhuó）濯：肥壮的样子。

⑤ 翯（hē）：洁白而有光泽的样子。

⑥ 於（wū）：叹美声。牣（rèn）：满。

⑦ 虡（jù）：悬钟的木架。业：装在上的横板。枞（cōng）：挂大钟的木架。

⑧ 贲（fēn）鼓：借为"鼖"，大鼓。

⑨ 辟廱（bì yōng）：离宫名。戴震《毛郑诗考证》认为与作学校解的"辟廱"

不同。

⑩ 鼍（tuó）：即扬子鳄，一种爬行动物，其皮用来做鼓很好。逢（péng）：打鼓声。

⑪ 矇瞍：古代对盲人的两种称呼。有眸子的瞎子称为矇，无眸子的称为瞍。当时乐官乐工常由盲人担任。公：通"功"，事也。

[翻译]

文王开始筑灵台，经营设计善安排。平民百姓共兴建，不日修成速度快。文王告民莫心急，百姓如子把王爱。

君王来到灵囿中，母鹿伏荫多悠闲。母鹿肥美毛皮好，白鸟羽翼真洁白。君王站在灵沼边，满池鱼儿乱蹦窜。

钟磬鼓架已摆好，大鼓大钟都齐备。钟鼓节奏美又妙，离宫欢乐通云霄。

钟鼓节奏美又妙，离宫欢乐通云霄。敲起鼍鼓响四方，乐师奏歌颂成功。

从首句"经始灵台，经之营之"就可以知道，修筑灵台并不是文王一时兴起，随便指一个地方修建的仓促决定，而是经过深思熟虑的。文王规划中的灵台是集祭祀、观天、教育、娱乐于一体的综合性的园林建筑，在具体的施工过程中就要充分考虑到它的用途，否则耗费了人力、财力却不能达到预期效果那就会引起民怨。先是根据山势地貌选址，其次在具体的施工过程中文王严格按照这个设计理念开展工作，在《大雅·文王有声》中就坦言："筑城伊淢，作丰伊匹，匪棘其欲。"意思是修建护城河的时候所需要的开支必须和当时的国力相匹配，否则容易扰民，引起群怨。在修建灵台的时候，文王遵循的也是同样的

灵囿

"王在灵囿,麋鹿攸伏。"《毛传》解释说:"囿,所以域养禽兽也,天子百里,诸侯四十里。灵囿,言灵道行于囿也。"说的是在灵囿中鱼兽各得其所,天子的灵囿方圆百里,而诸侯的灵囿方圆四十里,修建灵囿就是把统治者的恩德同时施于动植物

道理,在力所能及的基础上设计施工,让百姓对整个工程耗费和目的有所了解,心中有预期,也就会拥护文王的决定。万里长城、大运河这些堪称奇迹的工程虽然给人们带来了好处,但是同时也造成了百姓严重的负担。秦朝和隋朝都没有很好地吸取文王的经验。

郑玄的《毛诗传笺》曰:"神之精明者称灵,四方而高曰台。"《孟子·梁惠王上》则解释为:"文王以民力为台为沼,而民欢乐之,谓其台曰灵台,谓其沼曰灵沼,乐其有麋鹿鱼鳖。古之人与民偕乐,故能乐也。"灵台的规模并不浩大"高二十丈,周四百二十步"。而且事先就已经计划好用挖水池的泥土来修建,因此就一下子解决了材料的问题了。文王修筑的灵台大约位于今甘肃平凉灵台县境内。据有关史料的记载,灵台在长安西北40里,灵囿在长安西42里,灵沼(灵池)在长安西

30里。"灵囿"的设计理念是：能有这么一个园囿，动物们既可以在其中自由活动又可以作为人们观赏猎食的对象。这是最早驯化野生动物的地方，这样一来既保证了人们的饮食，还保护了环境。老百姓得知了文王的想法之后，都高兴地出钱出力，把灵囿给建成了。既然陆地的动物有了乐园，为了公平起见，水生动植物也应该有自己的天地，文王就又建造了"灵池"。灵囿和灵池是文王和民众共同游乐的场所，这和古代的劳民伤财的"形象工程"是有本质区别的。

其实如果单纯地只有一个灵台这个木构高台，即使外观再宏伟也会显得比较单调和突兀，所以文王把灵台周边的绿化工作也完成了。而且灵台、灵囿、灵池相隔不远，相互独立但彼此有衬托关系，共同构成了一幅美轮美奂的图画。

台、苑、囿等都是早期园林的形式，古代建筑最主要的特征是与自然的和谐统一，所以除了需要建造主要的房屋外，山石花卉、植物鸟兽、小桥流水都是题中之义。再加上古人对自然的敬畏，他们把环境的美化和保护工作做得十分到位。古人的建筑理念对于我们今人来说仍然具有现实意义。

4.《文王》贤德天命耶

大雅·文王

文王在上,於昭①于天。周虽旧邦,其命维新。
有周不②显,帝命不时③。文王陟降,在帝左右。

亹④亹文王,令闻不已。陈锡哉⑤周,侯文王孙子⑥。
文王孙子,本支⑦百世。凡周之士,不显亦世。

世之不显,厥犹翼翼⑧。思皇⑨多士,生此王国。
王国克⑩生,维周之桢⑪。济济多士,文王以宁。

穆穆⑫文王,於缉熙敬止⑬。假⑭哉天命,有⑮商孙子。
商之孙子,其丽不⑯亿。上帝既命,侯于周服。

侯服于周,天命靡常。殷士肤敏⑰,祼将⑱于京。

厥作祼将，常服黼冔^⑲。王之荩臣^⑳，无念尔祖。

无念尔祖，聿修厥德。永言配命，自求多福。
殷之未丧师，克配上帝。宜鉴于殷，骏^㉑命不易。

命之不易，无遏尔躬^㉒。宣昭义问^㉓，有虞殷自天。
上天之载^㉔，无声无臭^㉕。仪刑文王^㉖，万邦作孚^㉗。

[校注]

① 於（wū）：叹词，如"呜"、"啊"。昭：光明。

② 有：词头，无义。不（pī）：同"丕"，大。

③ 时：善美。

④ 亹（wěi）：勤勉不倦的样子。

⑤ 陈：通"申"，反复，犹"重"、"屡"。锡：赏赐。哉：同"兹"，此也。

⑥ 侯：使……为侯。孙子：子孙。

⑦ 本支：用树木的根和枝比喻子孙繁衍。

⑧ 厥：其。犹：同"猷"，谋划。翼翼：勤勉远虑的样子。

⑨ 思：发语词。皇：美、盛。

⑩ 克：能。

⑪ 桢（zhēn）：支柱、骨干。

⑫ 穆穆：庄重恭敬的样子。

⑬ 缉熙：奋发前进。敬止：严肃谨慎。止：语气词。

⑭ 假：大。

⑮ 有：得有。

⑯ 丽：数。不：语助词。

⑰ 殷士：归降的殷商贵族。肤敏：即勤敏地陈序礼器。

⑱ 祼（guàn）：古代的一种祭礼，在神主前面铺白茅，把酒浇茅上，像神在饮酒。将：举行。

⑲ 常服：祭事规定的服装。黼（fǔ）：古代贵族有黑白相间花纹的衣服。冔（xǔ）：殷冕。

⑳ 荩（jìn）臣：忠臣。

㉑ 骏：大。

㉒ 遏：止、绝。尔躬：你身。

㉓ 宣昭：宣明传布。义：善。问：通"闻"。

㉔ 载：行事。

㉕ 臭（xiù）：气味。

㉖ 仪刑：效法。

㉗ 孚（fú）：信。

[翻译]

文王神灵升上天，在那天上放光芒。
周是古老的邦国，承受天命建王朝。
这周朝光辉荣耀，上帝意旨不可挡。
文王神灵升与降，上帝身边多崇高。
勤勉进取的文王，美名永远传人间。
上帝令他兴周邦，赏赐子孙福无边。
文王的子孙后裔，世代繁衍百世昌。
凡在周朝为臣子，累世都光荣尊显。
累世都光荣尊显，深谋远虑恭辛勤。
贤良优秀多人才，在这个王国降生。

周邦能出众贤士，周朝栋梁之大臣。
人才济济聚一堂，文王以此来安邦。
文王的风度恭敬，光明正大又谨慎。
天命伟大已决定，商的子孙成属臣。
殷商子孙多又多，数量亿万难估计。
上帝既已降意旨，臣服周朝顺天命。
商的子孙服周朝，可见天命定无常。
归顺殷族服役勤，京师祭飨作陪伴。
他们就在祼礼上，身穿祭服头戴冕。
为王献身的忠臣，要感念你的祖先。
感念祖先的意旨，修养自身的德行。
长久地顺应天命，才能求得多福分。
商没失民心时，也能与天意相称。
应该以殷为戒鉴，国运不改永昌盛。
国运不改永昌盛，不要断送你手上。
传布显扬好名声，依天意审慎恭虔。
上天行事天知道，没声没味难可辨。
只有效法周文王，天下万国永信服。

根据《吕氏春秋·古乐篇》记载，《大雅·文王》是由文王的儿子周公所作。周公德才兼备，为周朝推翻商朝、稳固朝政立下了汗马功劳。他所作的《文王》篇有理有据，相当富有说服力和感染力。西汉翼奉认为周公作《文王》的目的在于："深戒成王，以恐失天下。"为了让幼小的周成王早一天肩负起治理国家的大任，周公就把父亲周文王的事迹讲给成王听，这可以说是一首劝谏诗。

《采薇图》
伯夷、叔齐是殷商末年孤竹君的两个儿子。孤竹君死后,伯夷和叔齐都不愿登帝位,就出逃到了周国,后来因为周武王伐纣,二人谏阻不成,武王灭商,他们以吃周粟为耻,就隐居在首阳山采薇为食,终至饿死。古代将他们两人作为抱节守志的典范

中国古代称君王为天子,顾名思义就是被上天选中、接受天命成为一国之君的人。历代帝王要将自己的王位合理化、权威化,就必须把这种"君权神授"的形式极度夸张化,把自己之所以能成为帝王归因于"命运"和"天数",这样才能够服众。因为当时生产力水平低下,普通百姓对于"上苍"、"神灵"持有近乎痴迷的敬畏,所以"天子"这个称谓对迷信的民众是有极强的号召力的。这就可以理解为何陈胜一方面振臂高呼"王侯将相,宁有种乎",另一方面仍然采取鱼腹丹书为自己的起义正名,表示自己是顺应天命。

当然,周文王也采取过类似的方法。据说周文王的正妃太姒有一

天晚上做梦,梦见商朝的宫廷里凄凉,而周朝的院子里就有一颗梓树,移种到了大堂后迅速长成了参天大树。太姒把这个梦告诉了文王,文王获悉后就到庙堂中占卜,占卜结果是皇天已把天命授给了周。尽管周文王嘱咐周边的人要低调,但是没过多久,这就变成了路人皆知的消息了。有了舆论的支持加上姜太公等人的军事才能,周国打败了周边的犬戎、密须、黎国,最后攻占了崇国。周朝更加强盛了。现如今我们都明白所谓的"天命"事实上就是人命,是人通过主观努力而造成的结果。

《大雅·文王》篇具有里程碑式的意义,完成的是一个"破戒"的任务,将人的德才摆在了"天命"的前面。当其他的历史统治者忙着用神权来巩固自己的统治时,周公另辟蹊径,将文王塑造成了一个平民皇帝的楷模。《文王》第一句:"文王在上,於昭于天。"虽然这句也说文王是接受天命的君王,但是接下来就完全没有高呼万岁、奉承到底,而是以写实的笔法将文王何以为王的理由一条条地罗列了出来:施福于大臣、任贤惟能、降服商孙,商人在文王的感化下助祭周王、效法文王。整首诗布局严密、前后照应、逻辑能力强,一气呵成,毫不拖泥带水,说明文王"於昭于天"是有现实依据的,而不是空洞自封的。文王自己有实力让天下人来归,而不是"天命"使其能位至文王。

文王即西伯昌在统治周国期间,百姓安居乐业、谦恭礼让。在周的周边虞、芮两国因一块荒地而闹得不可开交,有人建议他们去西伯昌那里请求解决。这两国的代表到了周国之后,发现周国的耕地之间的田界很宽,而且相邻两地之人礼让有加,根本不可能产生争执。《大雅·绵》篇《毛传》注说,周国"耕者让畔,行者让路","男女异路,斑白不提携","士让为大夫,大夫让为卿",一派君子之风。目睹

采集包茅

包茅其实就是古代祭祀时用以滤酒的菁茅。在使用之前应该把其捆扎起来放在匣子中。《左传·僖公四年》中说:"尔贡包茅不入,王祭不供,无以缩酒。"(如果没有包茅的话就没有办法滤酒了)

这一切后,虞人、芮人惭愧万分。可见,在文王的统治之下,周国已是一个讲信修睦的社会。正是在西伯昌的努力之下,周国才慢慢地强大起来,最终为推翻商朝打下基础。西伯昌在得知虞、芮之事后意识到是时候推翻商朝了。这一年,西伯昌改为文王"受命"元年,开始自称为王。许多贤臣都前来投奔,如散宜生、殷朝的辛甲、楚国的鬻熊等。猎人闳夭和太颠诸公也被周文王发现,请入朝廷。而姜太公钓鱼更是妇孺皆知的知遇故事。

周公总结自己的父亲之所以能够取得天下,"受天命"只是对外宣传的口号而已，而真正的原因是周文王通过自身的努力创造了内外的有力条件，为推翻商朝做了足够的准备。正如《大明》一篇中毫无避讳地说"天难忱斯，不易维王"（天命确实难以相信，做皇帝不容易），进而说明了"明明在下"的重要，君王的勤勉才是硬道理。

小知识◎文字照相机

1822年，法国出现了世界上第一张照片。自从照相机发明以来，我们看待世界的方式已经发生了巨变，古时想要记录事物主要靠的就是绘画和文字，而这两者之间也是不同的。绘画比文字能带给人更直观的图景，而文字无论对描述者而言还是对接受者来说都要求有很好的感悟力和想象力。有人说《诗经》是中国的"史诗"是有道理的。《诗经》虽然不像《荷马史诗》有长达上千行的叙事诗，也不是情节紧扣的连环式的实录画卷，但《诗经》也有自己的特色，《诗经》的作者描写事物很细致，并将灵感的触角抵达生活的各个层面，所以《诗经》更像是《清明上河图》，而且比《清明上河图》更了不起的是，《诗经》有历史感，除了有同一时间点上社会风俗的呈现之外，还有纵向历史的展开。

如果熟读《诗经》三百首，西周末年到春秋中叶的千姿百态也能了然于胸。国之大事如周族的创业史在《大雅》中《生民》、《绵》、《公刘》、《大明》、《皇矣》能够找到。《生民》以带神话的口吻介绍了后稷的出生过程：其母亲姜嫄因为踩上了一个巨大的脚印受孕生出了后稷，但他刚出生的时候是一个胞衣不破的怪胎,所以姜嫄弃之于小巷,不料牛马绕开远走;姜嫄又把他丢入山林,但鸟兽却来保护后稷。总之,无论采取什么办法后稷都受到了上天的保佑。于是姜嫄知道这是天意,就把后稷抱回了,并取名为弃。虽然整个故事看起来比较荒诞,但我们也可以从古人带着敬畏口吻写下的诗篇看到中国母系社会的一些痕迹。《生民》中还提到了流行的农作物,像稷、黍、菽、麻、麦等等。这是我们了解《诗经》时代人们生活的第一手宝贵材料。

《大明》记载了武王伐商、建立周朝的历史。周商大战就在牧野进行,而《大明》仅仅用了56个字就把当时战争的壮观场面描绘出来了:"殷商之旅,其会如林。矢于牧野,维予侯兴,上帝临女,无贰尔心。牧野洋洋,檀车煌煌,驷騵彭彭,维师尚父,时维鹰扬。凉彼武王,肆伐大商,会朝清明。"牧野之战发生在公元前1057年或者公元前1027年(说

兽面纹鼓
敲击发令兵器。也可用于古代的祭祀、宴乐之中,横置的两面鼓,鼓面铸成类似鳄鱼皮的花纹,鼓身铸双鸟

仕女游乐
《诗经》中描绘了各种形象的女子，或坚贞，或温婉，或执着，或坦率，给人留下深刻的印象。许穆夫人是中国文学史上第一位女诗人，所作《诗经·鄘风·载驰》表达其对祖国卫国危亡的关切

法不一）。距今已经有三千多年了。即使质量最好的相片经历了千年之后怕也早已化为了一缕青烟。但是《大雅·大明》中的56个字却把当时壮观的场面真实地记录下来了：周朝士兵士气如虹，大将尚父冲入敌阵，后面战车齐发，商军溃不成军，纷纷倒戈，而武王直捣朝歌，纣王自焚，从此改朝换代。这种气势蓬勃的场面，《诗经》用寥寥数笔拍出了即便是如今再厉害的单反相机也容纳不了的恢弘场面。

至于《诗经》反映的寻常人家的生活就更不必说了，男欢女爱、闺怨春情、狩猎耕耘、农夫商贾、游子隐逸，世间的众生相尽收书中。而山川风光、草木虫鱼、花木鸟兽、风雨雷电等等都是《诗经》关注的对象。一本《诗经》就是一部活脱脱的上古史，也是反映当时社会情况的世态人情长卷。

5.《凫鹥》与环保意识

《凫鹥》是《大雅》中的一篇,全诗不长,不过读罢之后,可能每个人心里都会有这样的疑问:在周代,祭祀祖先的活动和凫鹥有什么关系呢?

大雅·凫鹥

凫鹥在泾,公尸来燕①来宁,尔酒既清,尔殽既馨。公尸燕饮,福禄来成。

凫鹥在沙,公尸来燕来宜。尔酒既多,尔殽既嘉。公尸燕饮,福禄来为。

凫鹥在渚,公尸来燕来处。尔酒既湑②,尔殽伊脯③。公尸燕饮,福禄来下。

凫鹥在潨④,公尸来燕来宗⑤。既燕于宗⑥,福禄攸降。公尸燕饮,福禄来崇。

凫鹥在亹⑦,公尸来止熏熏⑧。旨酒欣欣,燔炙芬芬⑨。公尸燕饮,

凫

《诗集传》中对凫的解释是:"水鸟,如鸭者。"其实凫就是平时我们所称的野鸭,会飞,常常群游在湖泊之中。雌性的头部是呈现黑褐色的,而雄性的头部是绿色的。图中描绘溪边一只昂首观望的雄凫,鸭毛光润

无有后艰。

[校注]

① 公尸:祭祀时,代表祖宗神灵接受祭祀的人。燕:通"宴"。

② 湑(xū):清也,过滤。

③ 伊:是。脯:肉干。

④ 潨(zhōng):水流会合之处。

⑤ 宗(cōng):快乐。

⑥ 宗:宗庙。

⑦ 亹(mén):水边。

⑧ 熏熏:和悦的样子。

四 文学瑰宝 朝廷之"雅" | 95

⑨芬芳：形容肉食香气芬芳。

[翻译]

野鸭沙鸥泾水游，神主宴享甚安详。主人酒浆真清冽，你的菜肴真香美。神主前来赴宴饮，福禄双全永伴随。

野鸭沙鸥在河滩，神主入宴心畅欢。主人美酒量真多，你的佳肴味真鲜。神主高兴来宴饮，福禄双全永增添。

野鸭沙鸥在河渚，神主入宴心安舒。主人酒浆滤得清，你的肉脯煮得酥。神主降临来宴饮，福禄齐降你身边。

野鸭沙鸥在河汊，神主入宴心欢洽。设宴酬尸到宗庙，福禄所降在此间。神主前来共宴饮，福禄不绝临你家。

野鸭沙鸥在水边，神主入宴乐悠悠。主人美酒味芳醇，肥肉烧烤香浓厚。神主前来享宴饮，从今以后无祸殃。

朱熹《诗集传》曰："凫，水鸟，如鸭者。鹥，鸥也。"凫鹥指的就是野鸭和水鸥。周王室在举行庄重肃穆的祭祀活动时，却以水边的野鸭和水鸥起兴，这实在让人困惑不已。诗中的"公尸"是指祭祖时代表祖宗神灵接受祭祀的人，"来燕来宁"、"来燕来宜"、"来燕来处"、"来燕来宗"、"来止熏熏"表示接受祭祀的神祖非但没有因凫鹥而发怒，相反，公侯之尸心里很宽慰，满心欢喜，十分享受这样的祭祀活动。如果我们换一种角度思考，"凫鹥在泾"、"在沙"、"在渚"、"在潀"、"在亹"并不会扰乱祭祀的秩序，而是适合时宜的。因为王勃有诗云"落霞与孤鹜齐飞，秋水共长天一色"，这样的美景让人觉得神清气爽，而且这样的画面与祭祀活动相协调。凫在其中具有很强的审美意义和象征意味。

在古代，人和动植物之间的关系比我们现在更加亲近，人不是高高在上的，而是以一种平视的心态观察周围的事物。《韩诗》说："文王圣德，上及飞鸿，下及鱼鳖。"看似在捧赞文王，其实话语背景是当时人与自然的和谐场面，文王的贤德要经过动物的首肯才算数，虽然是夸张，但还是让人感动。

翻开《诗经》，随处可见鸟儿自得其乐的场面，或引吭高歌："鹤鸣九皋，声闻于天"（《小雅·鹤鸣》），"宛彼鸣鸠，翰飞戾天"（《小雅·小宛》）；或翩然起舞："燕燕于飞，颉之颃之"（《邶风·燕燕》）；或收翼暂歇："黄鸟于飞，集于灌木"（《周南·葛覃》），"鴥彼飞集，载飞载止"（《小雅·沔水》）。这些穿梭于古诗之中灵动的鸟儿，我们会觉得连诗都飘逸起来了。孔子说读"诗"可以"多识草木鸟兽之名"，这其实是缩小了《诗经》的涵义，读诗并不仅仅记住这些曾经存在过的鸟兽之名，而是督促后人要像对待朋友一样去爱护他们。如果我们能像古人那样把自己只是当做自然界的一分子，以谦卑的姿态对待周围的一切生物，我们就不会唯我独尊，强取豪夺自然资源，因为那并不属于人类个人；我们更不会滥杀其他的生命，因为他们和我们同样重要，生命的博大不在于占有，而是互爱共存。

莎士比亚借哈姆雷特之口说出了"人是宇宙的主宰，万物的灵长"这一响亮的宣言，虽然极大地提高了人的自信心和主体地位，但也让人大大增强了控制他者的欲望，顺我者昌，逆我者亡，这是多么霸道无理的准则。佛家有个小故事是说从前有一位仁慈的国王在窗边打坐，飞来一只鸽子，那只鸽子恳求国王说："您救救我吧，老鹰要吃我。"国王把鸽子藏了起来，一会儿，老鹰来了，对国王说："我要追的鸽子逃到你那了，请你把它交给我。"国王想，既然要救鸽子就一定要帮它到底，反正老鹰是要吃它的肉，那我就把自己的肉割给他。老鹰

《山鹧棘雀图》
五代黄居寀作。现藏于台北故宫博物院

不依不饶:"你割下来的肉必须和鸽子一样重。"国王叫人拿来天平,但奇怪的是,无论国王割多少肉,天平始终倒向鸽子那一边,最后国王凭着仅剩的一点力气整个人爬到天平上,天平终于平衡了。老鹰终于为国王的行为感动,飞走了,国王也重获新生。生命不会因为物种不同或者高矮、聪愚、胖瘦而有所高下,每一个个体都是平等的,每一个个体都值得尊重。人与其他的生物相比,并不因为比较聪明而更高贵,人更不能凭着自己的智力去剥夺他者生存的权利。古人在祭祀时把鬼与贤人摆在一起,他们尚且懂得万物皆是生命、万物皆平等的道理,相比于他们,我们的新闻出现太多猎杀动物、破坏森林的消息,我们的环保意识不就是在倒退么?

《庄子·盗跖篇》骄傲地说:"古者禽兽多而人少。"但他们并不因为"禽兽多"而滥杀。当时的黄河流域是一个动植物异常丰富的地带。先民们的生产生活方式与周围丰富的自然资源紧密相关。让我们惊叹的是尽管资源看似"取之不尽,用之不竭",但是,我们的祖先却坚持"不占有",并且采取了具体措施:开辟专门的"田猎区"控制狩猎的数量;《周礼·地官》中明确规定:"大司徒之下设迹人,掌邦田之地政,为之厉禁而守之。凡田猎者受令焉。禁麛卵者与其毒矢射者。"捕获的猎物绝对不会浪费,将鸟类禽兽豢养到专门的场所中,如周文王专门修建的"灵囿"。这样超前的环保意识让我们惭愧。

小知识◎召公维翰

　　召公名奭，周文王之子，周武王、周公旦之同父异母弟。因为他的封地是在周畿内的召地，所以被称作召公。他经历了武、成、康三世，位居高位几十载。《诗经·大雅·召旻》中赞扬召公"昔先王受命，有如召公，日辟国百里"。可见召公的工作能力是不容置疑的，凡是在这个时期周朝每有朝政大事，召王都献计献策，东征能够取得胜利召公功不可没。所以很多史学家把他与周公相提并论。周公东征胜利后，姜太公受封去了齐国，召公本来受封于北燕，都城在蓟（今北京），召公因放不下朝中事，派大儿子姬克去管理。所以朝内就剩下了召公和周公，所谓一山容不得二虎，两人之间的猜忌自然难免。成王想了办法，派周公管理陕以东的地区，而召公则主持陕以西的国土。虽然在政事上进行了划分，但若心结没有解开，即使工作上再无瓜葛同朝为官还是很别扭，周公主动抛出了橄榄枝，说彼此要吸取殷商亡国的教训，大家一起尽心尽力辅佐成王治理国家。召公听了他的话之后心里就很佩服，疙瘩也解开了。

　　召公在成王迁都之后，曾发布过一篇很长的诰词，即《召诰》，主要内容说的是周朝要吸取历史教训，劝诫成王要谨慎行事，要以德治国，不可暴虐滥杀。召公文学修养很高，而且官品也相当好，他常常以身作则，不辞辛苦出远门巡行，明察暗访、体察民情。他有时候南巡，去江汉流域宣播王命；

他也数次北上，平息诸侯小国的叛乱；他还要主持周朝重大的祭祀活动。召公怕麻烦百姓，每次夜深之后不便去借宿就随便在野外找个地方露宿，如果百姓有为难的事，他就在乡邑边上的一棵甘棠树下审理。在召公当政期间，他将辖区治理得井井有条，召公作出的决定公允，贵族和平民都无异议，召公没有冤枉一个好人，也没有放过一个坏人，史书称"自侯伯至庶人各得其所，无失职者"。关于这段佳话，《诗经》有诗篇为证："蔽芾甘棠，勿剪勿伐，召伯所茇。蔽芾甘棠，勿剪勿败，召伯所憩。蔽芾甘棠，勿剪勿拜，召伯所说。"因为召公曾在甘棠树下停车办公，所以百姓们以为甘棠是召公品德的象征，即使在召公离开之后他们也舍不得去剪削甘棠，可见百姓对召公的爱戴程度。

◎古人的锅碗瓢盆之事

中国的日常器物用具的制作工艺在夏商周时期已经十分成熟了。古人利用石头、动物骨头和牙角、陶、玉、青铜、铁等材料，通过镂刻、抟制、烧造、浇铸等方法可以制造出生活所需的用品。而且古人具有很强的分类意识，每一件器皿都有自己的功能，一般不可错用。像用于烹饪的有鼎、敦、釜等，用来切割的有刀、俎、案，用来取捞食物的有匕、箸、勺，用来盛东西的有簋、豆、盘，盛酒的有爵、角、瓢、觥、尊等，盛水的有盆、盂、缶、盘等。看来，古人的锅碗瓢盆用具一应俱全。这里就专门介绍一下"鼎"。

"钟鸣鼎食"现常用来形容王侯将相家的奢侈生活，但其实在《诗经》那个时代，普通的百姓也可以用鼎，但鼎的样子就比较普通了。鼎，类似现在的锅，古时候是用来煮东西或者是盛放鱼肉的，一般是圆腹、两耳、三足，当然也有四足的方鼎。最早是用陶烧制的，后来因为青铜产业的发展，鼎就以青铜材质的为主。鼎主要的作用可分为三类：一是镬鼎，这是一种用来煮牲口、鱼肉的大鼎，著名的后母戊大方鼎就属于这一类。它是至今为止发现的最大的青铜器。二是设食鼎（正鼎、升鼎），主要是用来盛放煮好了的肉食。这种鼎在祭祀等活动中用得比较多。三是羞鼎，也称陪鼎，是用来放调味料的，因为在镬鼎和正鼎中的肉食是淡的，所以需要陪鼎中的调料来调味。

五 文学瑰宝 宗庙之『颂』

"颂"是专门用于宗庙祭祀先王、先公、歌功颂德的音乐。"颂"一般是不可能在普通的宴请或者占卜场合出现的,因为演奏"颂",代表着国家的最高礼仪规格。"颂"的特点是雍容庄严,节奏相比于"雅"更加舒缓沉稳。《诗经》中"颂"包括《周颂》31篇、《商颂》5篇、《鲁颂》4篇。本来宋和鲁不过是周王室下的诸侯国而已,按道理是不能演奏"颂"的,但因宋是西周初期殷王后裔的封地,而鲁是辅佐成王有功的周公旦的封地,因此两国就享受了与天子一样的政治礼遇。

1.《载芟》之周王劝农

周颂·载芟

载芟载柞①,其耕泽泽②。
千耦其耘③,徂隰④徂畛。
侯主侯伯,侯亚侯旅,侯强侯以。
有嗿⑤其馌,思媚⑥其妇,有依其士。
有略其耜,俶载南亩。
播厥百谷,实函⑦斯活。
驿驿⑧其达,有厌其杰⑨。
厌厌其苗,绵绵其麃⑩。
载获⑪济济,有实其积,万亿及秭⑫。
为酒为醴,烝畀祖妣⑬,以洽⑭百礼。
有飶⑮其香,邦家之光。
有椒其馨,胡考之宁。
匪且有且,匪今斯今,振古⑯如兹。

[校注]

① 载：开始。芟(shān)：除草。柞(zé)：砍伐树木。

② 泽(shì)泽：通"释释"，土地耕松的样子。

③ 耦(ǒu)：两人并肩扶犁耕地。

④ 隰(xí)：低湿的田地。

⑤ 有嗿(tǎn)：犹"嗿嗿"，众人吃喝的声音。

⑥ 媚：美好。

⑦ 实：种子。函：通"含"，指种子生机勃勃。

⑧ 驿驿：通"绎绎"，接连不断的样子。

⑨ 有厌：犹"厌厌"，形容苗长得美好。杰：生长特别出色的禾苗。

⑩ 麃(biāo)：禾苗末梢处，指禾穗。

⑪ 获：打猎得到的动物。

⑫ 亿：周代十万为亿。秭(zǐ)：十亿。

⑬ 烝(zhēng)：献上。畀(bì)：给。妣(bǐ)：女性祖先。

⑭ 洽：合。

⑮ 苾(bì)：食物的香气。

⑯ 振古：自古。

[翻译]

又除草来又砍树，用力翻耕土松散。

千对农人在耕地，洼地坡田都耕到。

主人带着大儿子，小儿晚辈都在场，雇工壮汉尽参与。

地头吃饭声音响。送饭妇女真娇媚，种田男子多强壮。

翻地犁头很锋利，南面那田先耕上。

农夫都来撒百谷,颗粒饱满欲发芽。

小芽纷纷拱出土,先生苗儿真好看。

禾苗越长越齐整,谷穗连绵一大片。

收获谷物真是多,露天谷堆连成片,成万上亿难计量。

酿造清酒与甜酒,进献男女祖先尝,祭祀合礼很周全。

祭献食品香喷喷,国家荣光心欢喜。

献祭椒酒味醇厚,祝福老人保平安。

不是现在才如此,丰收祭祀非自今,自古至今都这般。

大约在6000年前,中国进入了农耕时期。古装剧或者历史小说中君臣讨论国家大事时总爱说:"事关江山社稷。""社稷"这两个

插秧图

字其实就说明了农业对于中国古代社会的重要性。《说文解字》中对"社"的解释是"地主也",而"稷"则是"五谷之长"的意思。神农、尧、舜、禹都十分重视农业,而周民族的先祖后稷以"稷"取名。后稷也被后人尊为亲自耕作、发展农业的农神。

周代以农立国,周初的统治者对农业相当重视。周公曾一针见血地指出:"呜呼,君子所其无逸,先知稼穑之艰难,乃逸,则知小人之依。"如果统治者能够花大精力重视发展农耕,那么国家的安定也就有指望了。历代圣明君主都把农业当做头等大事,重农抑商,举行各种仪式来劝农。如在春播之际,皇帝要下地亲耕,等到谷物成熟了,帝王还要举行庆典,和群臣一起分享丰收的喜悦。要是遇到自然灾害,更免不了率领百官登坛祈愿。

周王一般在百姓春耕之前会进行"社祭","社"是指地主,社祭就是祭祀土地神和农神——后稷。祭祀时要用红色的牛作为祭品,演奏黄钟之乐。土地神也就是"皇天后土"中的"后土"。

到了春耕之时,君王会来到田间亲耕。《周颂·载芟》就是一首周王春天亲耕籍田时祭祀社稷之神的乐歌。时间一长,周王亲耕前的祭祀活动逐渐演化成了"籍田之礼":周天子会选择一个良辰吉日带着百官来到城郊。《载芟》中说:"侯主侯伯,侯亚侯旅,侯强侯以。"天子(主)、公卿(伯)、大夫(亚)、士(旅)、强壮的劳动力(强)、老弱农夫(以)都来了,说明举行"籍田之礼"时到场的人员之多,场面之隆重。人员到齐之后,先要进行隆重的宗教仪式"春祈",顾名思义就是在春天祈祷天帝保佑一年风调雨顺,农民辛勤耕作可获丰收。然后周天子就携带农具来到"籍田",象征性地犁地,表示亲耕。尽管在现在看来天子亲耕不乏作秀成分,但不可否认,这样的行为在靠天吃饭的农业社会中有稳定民心的作用,可以给农夫带来心理上的

春耕图
画中阡陌纵横,农夫赶着牛在耕作;
在草堂门前,一童子正在提篮回头

慰藉。当时的人们以为农业要丰收有三个最关键的因素:其一是靠天的庇护,所以祭祀仪式纷繁复杂,如在夏天要举行除草礼,《臣工》就是描写除草礼的。夏季求雨有"雩"礼,一般安排在夏正四月,或者是二十八宿之二宿"龙星"出现时举行。到了秋天则举行秋冬祭。如《小雅》中的《信南山》、《楚茨》,《周颂》中的《丰年》、《良耜》都表达了丰收愿望。其二是统治者的重视,除了周天子以身作则之外,还会有专门的官员监督劝农。其三是农民的耕作。而这三者之中,他们认为天佑是最关键的。这是农业社会早期的认知,慢慢地,随着生产力的发展,人们制定了更精确的天文历法,制造了更实用的劳动工具之后,沉重的农活负担就减轻了一些。

在《载芟》中发现西周就已有用铜、铁制作的农具了。大镰割草、铁斧砍树也是常见的图景,而铁耜犁地也已不是什么新鲜事了。《周南·芣苢》、《小雅·无羊》、《小雅·楚茨》,《周颂》中的《臣工》、《噫嘻》、《丰年》、《良耜》等都是以农事活动为主题的诗,这些诗介绍了许多当时的农业发展情况,勾画了一幅幅活灵活现的农事图。比如审度地势选择耕地、制作工具、修建水利、适时播种等等,体现了古代劳动人民的生活智慧。

有意思的是《诗经》还专门介绍了怎么去病虫害的方法:"去其螟螣,及其蟊贼,无害我田稚。田祖有神,秉畀炎火。"(《小雅·大田》)说是要靠大火将螟虫蝗虫杀死。唐朝在蝗虫盛行的时候就沿用了这种方法,据说仅仅河南的一个县通过这个方法就捕获了蝗虫14万担,才重新恢复了农业秩序。农业对国家是如此之重要,不过让人疑惑的是孔子"轻农"的态度。樊迟请学稼,孔子连忙推脱说,我不如老农,也不如老圃,等樊迟走后,孔子说:"小人哉,樊须也!上好礼则民莫敢不敬。"孔子认为与其让知识分子去发展农业,不如让他们去学礼。看来在农业问题上,孔子没能抓住周朝统治的精髓。与孔子相比,亚圣孟子的话显得更有理有据,可能是孟子所处的时代比孔子生活的时候更混乱所致,孟子对农业的关心远远超过了孔子,他说"明君制民之产,必使仰足以事父母,俯足以畜妻子,乐岁终身饱,凶年免于死亡"。人们只有先活下来了,然后才能言及仁义。这与"仓廪实而知礼节,衣食足而知荣辱"是共通的。

小知识◎公刘好货

早在尧舜时期，周族就已经存在了。而且周朝的首领从舜开始一直到夏朝都担任后稷的职位。后稷就是帮助皇上管理农业的官。到了夏朝的太康时期，因为国君的荒淫无度，国都为东夷所占领，即历史上的"太康失国"事件。周族原先居住的地方邰（今山西西南部）也遭到了战乱的冲击，百姓居无定所，无法正常生产。于是周族首领就带着百姓迁徙到了陕西的中部，但仍然把这个地方叫做"邰"。到了夏朝末期，国家又一次动荡，于是周族首领只好再次带领族中的老小来到了甘肃的庆阳一带。夏灭亡后，周族也就不再担任后稷的职务，所以其首领就改用自己的姓名来称呼自己。这位进行第二次大迁徙的周族君王是不窋。而在《诗经·大雅·公刘》中出现的周族首领公刘是不窋的孙子。公刘即位的时候，大约是商朝的早期，周族的居住地仍然受到周边的少数民族的侵扰，而且周围的生态环境也并不十分理想。所以极具果断力的公刘下定决心要把大家迁徙到豳（今陕西彬县东北，旬邑县西南）这个地方。

《公刘》这首诗主要讲了公刘初到豳地，相土安民：公刘率民建房，使民安乐；公刘宴请群臣；公刘组织军民，开垦农田；公刘扩建房屋，修建城邑。它也描述了先民怎么通过自己的双手来创造财富：到一个全新的环境之中，并不是坐等别人的帮助，而是积极把房屋搭建起来，为了满足基本

饮酒观舞
公刘把周族迁到豳这个地方之后，民心安定，生产发展很快

需求，再把农业发展起来，没多久，房屋就成行，树木也成林了。然后选择一个良辰吉日，祭祀祖先和天神。从这首诗知道，周族人勤劳善良，丰收之后也不忘祭祖请求天佑，而不是在一开始就完全寄希望于天上掉馅饼。周民族能够在短时间内安定下来，贤君公刘功不可没。

公刘带领大家沿着漆水、沮水，渡过了渭水才找到了制作生产工具的原料。公刘还带领大家测量日影的长短，来制定历法，建立军队来稳固国家的安全。经过一段时间的休养生息之后，周族进入了一个繁荣兴旺的时期，所以周边地区的民众都前来归属，周朝慢慢地发展起来了。孟子说公刘好货,当然不是批评公刘见钱眼开、唯利是图,而是从国家强盛所必须具备的物质基础出发,说明"好货"的重要性,孟子所要表达的大概就是我们现在所说的"钱不是万能的,但没有钱是万万不能的"意思,当然钱不会从天上掉下来,想要"好货"就得像周朝人那样勤勤恳恳,一心一意发展生产,统治者要是光说不干而"好货",很容易因利益熏心、忘乎所以而走上暴虐之路。

2.《玄鸟》能庇殷否

商颂·玄鸟

天命玄鸟,降而生商,宅殷土芒芒①。
古帝命武汤,正②域彼四方。
方命厥后③,奄有九有④。
商之先后,受命不殆⑤,在武丁孙子。
武丁孙子,武王靡不胜。
龙旂十乘⑥,大糦⑦是承。
邦畿千里,维民所止⑧,肇⑨域彼四海。
四海来假⑩,来假祁祁,景员维河。
殷受命咸宜,百禄是何⑪。

[校注]

① 芒芒:通"荒荒",远大的样子。
② 正(zhēng):同"征",征伐也。

③方：通"旁"，普遍。后：君主，此指各部落的酋长首领。

④奄：包括。九有：通"九域"，即九州。

⑤命：天命。殆：通"怠"，懈怠。

⑥旂（qí）：上画龙形的旗子。乘（shèng）：四马一车为乘。

⑦糦：同"饎"，酒食。

⑧止：居住。

⑨肇：开始。

⑩假（gé）：通"格"，至也。

⑪何（hé）：通"荷"，承担。

[翻译]

天帝发令给神燕，　生契建商降人间，
住在殷地广又宽。
帝命勇武那成汤，　征伐天下安四边。
普遍命令各首领，　占遍九州做君王。
商朝前代诸位皇，　承受天命不怠慢，
武丁子孙最称贤。
武丁确是好后代，　成汤遗业能担当，
龙旗大车有十辆，　各地酒食常载满。
千里国土真辽阔，　百姓所居好地方，
始有四海疆域广。
四夷小国来朝拜，　来往官员熙攘攘。
幅员辽阔绕黄河，　殷受天命人称善，
万代福禄都享全。

《玄鸟》篇出自《商颂》，《商颂》到底成诗于何时，历来争论很多，《毛诗》认为是商代作品，而《鲁诗》、《韩诗》认为是春秋时宋人的作品。王国维的《说商颂》一文系统地论证了《商颂》乃宗周中叶之后的诗作，但是，20世纪80年代又有人提出《商颂》是商人所作的论点。尽管关于诗作年代尚无定论，《玄鸟》篇的内容却是清楚明白的，讲了商人的始祖契的诞生、成汤和武丁建国立业的故事。

　　"天命玄鸟，降而生商，宅殷土芒芒。"传说玄鸟是商的祖先。玄鸟是一种四翅的鸟类，羽毛呈淡黄色，性格很暴戾，喜欢吃鹰肉，相传在河南的平顶山出没。据《史记·殷本纪》的记载，帝喾、正妃姜嫄、次妃简狄三人在江边沐浴，一只玄鸟飞过掉下了一个卵，简狄把卵捡起吞了下去，结果就生下了契。整个生育过程非常传奇，"天命玄鸟"的意思也就是说商祖先契的诞生完全是上天的旨意，这就给商朝祖先的诞生蒙上了一层神秘的面纱。就因为商人持"天命玄鸟"的观点，所以他们十分重视占卜、祭祀等活动，事无巨细都要算一卦以卜吉凶。他们认为国家若要安稳长久就必须得到上天的眷顾，就必须老老实实、诚心诚意祭祀百神，就必须每件事都问问老天爷的意思。后来取商代之的周人在这一点上就与商人不大一样，周人更注重人的主观努力，周初的统治者坚持"以德配天"，认为祭祀固然重要，但是人的德才也重要。这说明相比于商朝，周朝在思想文化上更进一步。

　　"可怜夜半虚前席，不问苍生问鬼神。"这两句本是李商隐借贾谊不受重用之事讽刺西汉文帝的，但对商朝的统治者也同样适用。"天命玄鸟"其实也为商朝最后的覆亡埋下了伏笔。

　　说起商王朝的几个君主，贤明的没有几个，那几个暴君倒是遗臭万年。自太乙（汤）至帝辛（纣），商一共经历了17世，前后更替31个王，统治中原地区近600年。不过历史总是在不断地重复着自己。当初汤"顺乎天而应乎地",推翻了夏桀的残暴统治,进行了比较宽松的治理,国内的生产得到了恢复,出现了"昔有成汤,自彼氐羌,莫敢不来享,莫敢不来王"(《诗经·商颂·殷武》)的局面,后来又经过盘庚迁都、武丁勤政,"龙旂十乘,大糦是承。邦畿千里,维民所止,肇域彼四海"。商朝的国力达到了鼎盛。可是商朝的最后一位君主纣却走上了夏桀的老路,同样因为暴虐荒淫为国人所弃,最终商朝被周武王所灭。商朝的历史可悲可叹,但试问哪一个封建王朝不是如此?"打江山易,守江山难",统治者在刚开始往往勤勉有加,但撑不了多久,就以荒淫无度而告终。更可悲的是,商朝没有从历史中吸取夏朝灭亡的教训,而寄希望于"玄鸟"能够保佑他们长长久久。他们不知道推翻夏朝并不是因为玄鸟的帮助,商的复兴也不是因为武丁是人神合一,这些都是殷人一起努力的结果。

从契诞生于玄鸟这个故事中我们可以得知当时社会的一些情况:这个神话带有明显的母系社会的痕迹,只知其母不知其父,无论是后稷的出生也好,契的诞生也罢,都带有神话色彩。此外,有意思的是,为什么后稷是姜嫄踩了巨人的脚印怀孕而生的,而契却是简狄吞卵而生呢?据一些学者的考证之后发现,以殷部落为代表的东部民族(其他还有大汶口文化、龙山文化、良渚文化等等)的始祖神话大都盛行卵生说。这与当时"春祈"这一祭祀活动是相关的。因为春天或者秋天是万物生长和收获的季节,也被认为是人生育繁殖的最佳时机。当时的人可能看到鸟类的繁殖或者迁徙而突发奇想创造了这个神话。而且"鸟"的形象是中国古代的图腾之一,代表了性、生殖崇拜、物候历法等等。既然搞清楚了为什么是"玄鸟",就可以理解殷人和玄鸟之间的亲密关系,就能理解为何殷人会以为玄鸟能够保护、保佑商朝万世。可惜那只是他们的一厢情愿而已,周武的牧野之战以摧枯拉朽之势打碎了"天命玄鸟"的幻想。看来,靠天不如靠自己,靠鸟不如靠德馨才是正理。

六 独绝千古的『天籁』

中国文学题材在宋代之前一直都是以诗歌为主，所以中国的文化具有诗性的特征。若我们定要为中国文化的诗性传统寻根溯源的话，想必就是《诗经》了。闻一多更是大胆地认为："'三百篇'的时代，确乎是一个伟大的时代，我们的文化大体上是从这一刚开端的时期就定型了。文化定型了，文学也定型了，从此以后两千年间，诗——抒情诗，始终是我们文学的正统的类型，甚至除散文外，它是唯一的类型。"暂且不论闻一多先生的说法是否过激，但称《诗经》为中国文学史的开山之作是不为过的。《诗经》开启了接下来两千年文章之先河。紧随《诗经》的现实主义诗风就有汉代的汉乐府民歌，即使是唐代诗坛的两座高峰李白和杜甫也都受到了《诗经》很大的影响。杜甫直言不讳地说："别裁伪体亲风雅，转益多师是汝师。"而李白则说："大雅久不作，吾衰竟谁陈。"浪漫主义和现实主义的交织是《诗经》给人留下的第一印象，而"赋、比、兴"在其中起到了很大的作用。

1."赋、比、兴"启后世文章

中国文化的形态发展到宋代已基本清晰可辨。中国文学题材在宋代之前一直都是以诗歌为主,所以中国的文化具有诗性的特征。若我们定要为中国文化的诗性传统寻根溯源的话,想必就是《诗经》了。闻一多更是大胆地认为:"'三百篇'的时代,确乎是一个伟大的时代,我们的文化大体上是从这一刚开端的时期就定型了。文化定型了,文学也定型了,从此以后两千年间,诗——抒情诗,始终是我们文学的正统的类型,甚至除散文外,它是唯一的类型。"暂且不论闻一多先生的说法是否过激,但称《诗经》为中国文学史的开山之作是不为过的。《诗经》开启了接下来两千年文章之先河。紧随《诗经》的现实主义诗风就有汉代的汉乐府民歌,即使是唐代诗坛的两座高峰李白和杜甫也都受到了《诗经》很大的影响。杜甫直言不讳地说:"别裁伪体亲风雅,转益多师是汝师。"而李白则说:"大雅久不作,吾衰竟谁陈。"浪漫主义和现实主义的交织是《诗经》给人留下的第一印象,而"赋、比、兴"在其中起到了很大的作用。

卷耳
《周南·卷耳》以一个采卷耳的妻子的口吻,想象丈夫的旅途劳困,角度新颖独特。杜甫《月夜》"今夜鄜州月,闺中只独看"这句也可说是脱胎于此

　　《诗经》作为一部有强劲生命力的文学作品,如果只是把它一句一句地拆开来摇头晃脑地念一念是远远不够的,但如果像历代的学者那样坚持"美刺之说"恐怕对我们解读《诗经》帮助也不大。所幸的是,我们可以用逆向思维来思考这样一个问题:为什么历代对《诗经》的判断会是文学与政治的"结合",这种结合是人为的,那么他们为什么这么做?这与"赋、比、兴"手法是有关系的。

　　郑玄在《周礼注疏》中概括"赋、比、兴"说:"赋言铺,直铺陈今之政教善恶;比,见今之失,不敢斥言,取此类以言之;兴,见今之美,嫌于媚谀,取善事以喻劝之。"简单地说,"赋"是指直接铺陈,"比"就是以彼物比此物,"兴"是托物言情。

　　"赋"是直接叙述,铺陈情节,就是正面描写、记叙、议论,直截了当,不拐弯抹角,如《邶风·氓》这篇就采用了"赋"的手法,

《孔雀东南飞》
汉乐府民歌,是中国第一部叙事长诗,讲的是相爱的焦仲卿和刘兰芝因为焦母的反对而分离,最终双双殉情的故事。借鉴了《诗经》的"赋、比、兴"手法

把一个不幸女子恋爱婚姻的全过程交代得清楚明白。《大雅·民劳》就直接向执政者说明道理,希望执政者安民锄奸、亲近贤臣。还有直接描写内心喜悦的,比如"亦既见止,亦既觏见,我心则悦"。"赋"在《诗经》中的作用相当于是骨架,用框架先把整首诗支撑起来,然后再用"比、兴"进行装饰。

我们在日常对话中常会有辞不达意、言不尽意的苦恼,因为某些事物是难以名状的,要用抽象的语言来表达一些具体可感的事物或者虚幻的思想会很困难,所以可以采用比喻的手法。比如《卫风·硕人》中的"手如柔荑,肤如凝脂,领如蝤蛴,齿如瓠犀,螓首蛾眉"这一明喻让人过目不忘。像"于嗟鸠兮,无食桑葚;于嗟女兮,无与士耽"

黍

《诗经·王风·黍离》说的是一个征人归来,看到昔日闹区坍塌在茂盛的荒草之中不由悲从中来。后人用黍离之悲比喻国破家亡之痛

这样的比喻也很出色。"比"这种基本的文学手法在现如今的文学作品中十分常见,而《诗经》是"比"这一门技巧的最初实践者。

"兴"是借用一个别的事物开头,然后再转到正题中,但所借的事物和诗歌的主题并无多大关联,主要是起到烘托的作用。据《毛诗序》统计,《诗经》中使用"兴"的手法有116篇。采用"兴"的方法可分为好几种,有"起情不取其义"的"兴"——"彼黍离离,彼稷之苗。行迈靡靡,中心摇摇";也可"烘托环境"——《关雎》中"关关雎鸠,在河之洲"是为"窈窕淑女,君子好逑"渲染气氛;再如"桃之夭夭,灼灼其华。之子于归,宜其室家"则烘托了喜庆吉祥的氛,"蒹葭苍苍,白露为霜"一下子就把人引入了一个芦苇凄凄、白雾迷离的世界。

在一首诗中,往往是"赋、比、兴"三管齐下,这样才显得有血有肉,比如乐府双璧之一的《孔雀东南飞》借鉴了《诗经》的"赋、比、兴"手法。以"孔雀东南飞,五里一徘徊"起兴,将焦仲卿和刘兰芝的婚姻比作必须分离的鸟儿,再以"赋"的手法将两人的爱情悲剧叙

桃之夭夭

"桃之夭夭"原本是说桃花茂盛而又鲜丽。在《周南·桃夭》中被引申为新妇与新郎感情甜蜜多子多孙

述得详略妥当,叙述节奏张弛有度。像《孔雀东南飞》那样汲取《诗经》养料的后世文章不胜枚举。

从原始时代到殷商,再从《诗经》发展至今,"赋、比、兴"是我国民族文化早期形成过程中的一个成果,是古人对日常生活和社会实践的感性认知,因为"赋、比、兴"与占卜、巫术、古老的宗教意识相衔接,所以对于先民而言,"赋、比、兴"具备了强大的规范和组织作用。尽管"赋、比、兴"的概念直到汉代才被抽象地进行了总结(而总结也是各家各执一词,没有达成共识),但这种"赋、比、兴"的创作思路却早在《诗经》之前就已经根植于人的思维当中了。

2. "诗三百，一言以蔽之，曰思无邪"

《诗经》的创作素材大部分来自民间，但也有贵族礼乐习惯的记载。当《诗经》被列为官方的德育教材，成为儒家的经典教义之后，《诗经》所承载的文化内涵不再只是一种优秀的文学作品，也不仅是用于美刺政治的隐语，相反，它渐渐与知识分子的文化习惯相结合，成为融入日常生活言行的准则。《诗经》中的"雅"就代表了上层贵族的精致、文雅和细腻。在《诗经》的教化下，君子揖让进退自重，举手投足之间都充满着风范，成为普通民众争相仿效的对象。从小读诗、赋诗吟诵、出口成章是当时贵族必须具备的修养。这种由内而外的温柔敦厚的"诗教"成为之后几千年对谦谦君子的最好概括。

既然上层社会的君子在诗教之下有如此好的礼仪规范，当然会有众多普通百姓想要模仿学习。孔子在此就起到了桥梁作用，他让更多的好学之人获得学习机会，将诗教发扬光大。孔子对《诗经》的理解是："诗三百，一言以蔽之，曰思无邪。"因为"诗"的"思无邪"，所以孔子选择了《诗经》作为传授弟子的教材。孔子对《诗经》的关注点不在于《诗经》本身文本的解说,也不在于对《诗经》艺术性的讨论,而在于《诗经》的移情作用,"借诗言志、以诗导志"才是孔子理解的《诗经》最重要的内容和功能。当时的孔子已经敏锐地觉察到君子的风度翩翩与《诗经》对人的情志的提升作用是分不开的,所以他就让他的学子们以《诗经》为蓝本开始了自己的道德学习。

我们现在经常提倡要还《诗经》的本来面目,就是要找到《诗经》诗句最原始、最直白的意思,可是孔子却认为《诗经》不应该那么读,他的观点是:解读《诗经》必须突出"思无邪"的品质。比如在《论语·子罕》中讲到这么一个小故事:"唐棣之华,偏其反而,岂不尔思,室是远而。"子曰:"未之思也,夫何远之有?"前四句是逸诗,看字面意思本来要表达的是男女的相思之情,"不是我不思念你,而是家离得太远了"。但孔子理解为:学子求道,精诚所至,金石为开。孔子所谓的"思无邪"除了是为了说明《诗经》内容"思无邪"之外,他更是要求人们读诗的态度和方法是"思无邪"的,就是要充分挖掘《诗经》中"思无邪"的本质,从而达到净化自身思想、教化他人的作用。

而对于《诗经·卫风·硕人》篇,孔子的阐释更加别出心裁。《论语·八佾》中记录了孔子和弟子子夏精彩的对话:

> 子夏问曰:"巧笑倩兮,美目盼兮,素以为绚兮,何谓也?"子曰:"绘事后素。"曰:"礼后乎?"子曰:"起予者,商也。始可与言《诗》已矣。"

凭着孔子和子夏的学识,当然知道《硕人》描写的是一个美丽的女子,但有意思的是孔子竟会联想到"绘事后素",他说绘画要先用粉素为质,然后再涂上五彩。摸清老师心思的子夏就立马领悟说,这就好比人得先有美好的品德，然后才能有正确的行为举止。孔子表示赞同子夏的说法。因此，孔子要表达的就是"礼必以忠信为质，犹绘事必以粉素为先"（朱熹）的道理。假使不辨其中的牵强之意，仅从上面的两个例子中我们可以判断孔子教诗多是借诗发挥，将学生引到"思无邪"的道路上。

其实对《诗经》"思无邪"这一性质的判断，孔子是具有自己最初的构想的。孔子并不是从《诗经》直接推出"思无邪"的，而是因为周围的环境所迫，知识结构所框定，加上他自身对王纲解纽、礼崩乐坏的不满和复兴周礼的使命感，才会对《诗经》下了一个"思无邪"的判断。更确切地说，这是孔子对《诗经》的期望。如果时代中没有"邪"，那么孔子也就无须多言了，"一言以蔽之"，正是因为孔子生活的时

东汉石棺上的宴饮百戏图

代中有太多有邪之人,抱着功利目的去看《诗经》,孔子才会疾呼"思无邪";正是因为当时社会产生了太多与孔子认为的礼义相违背的人和事,才会让孔子作此判断。孔子希望通过阐说《诗经》,让更多的人接受"思无邪"的熏陶,为重塑周礼规范打基础。这一诗歌教化的传统一直延续下来,这也是导致儒家释经一些解释比较牵强的原因。

当然,我们并不否认《诗经》的移情作用。《后汉书》中就记载了一个叫做周磐的人本来无意出仕,因为《诗经》说"鲂鱼赪尾,王室如毁。虽则如毁,父母孔迩",周磐放弃了隐居山林的想法,从此走上了仕途。虽然这可能只是周磐为自己出仕找到的理由,但为什么他没有

太任侍奉周姜
太任是文王的母亲,《诗经·大雅·文王》赞美她的"维德之行",周姜是文王的祖母,太任对周姜非常孝顺

假托《左传》、《大学》、《中庸》等，而偏偏引用《诗经》？这就可以看出《诗经》的普及程度和教化水准了。读《诗经》，其中的思想、观念、礼仪、制度都自觉不自觉地沉淀到了我们的内心，这种文学上的"同情"是我们无法避免的。其实，"思无邪"并没有什么不好，至少让我们了解到礼乐之间的关系远比我们想象的要复杂得多。

小知识◎热闹非凡夜生活

很多现代人选择去酒吧过夜生活，让一天紧绷的情绪得到释放。但早在《诗经》时代，人们已经懂得饮酒的妙处了。

古书中关于酒的起源说法不一，有仪狄酿酒、黄帝造酒、杜康制酒等说法，可以肯定的是在《诗经》时代，酒已经成为流行的饮料，是日常生活中不可缺少的调剂品。《诗经·小雅·湛露》中讲到古人夜生活的一个场景："湛湛露斯，匪阳不晞。厌厌夜饮，不醉无归。"初秋的白露若没有温暖阳光的轻抚是不肯轻易消逝的，而现在露气正浓，夜已深，朋友在一个露天的酒"吧"里围坐在一起，喝酒聊天十分畅快。因为周边的环境实在吸引人，诗人站起身来走一走，看到枸杞树、酸枣树上沾了露水点点，累累的果实象征着自己周围朋友的学识和高尚的情操。与他们觥筹交错之间，有朋在旁的满足感和天高云淡的惬意感就蔓延心头。心情十分舒爽，但诗人也绝不会喝得烂醉而失态。君子"莫不失仪"说明礼数规矩铭记在心。谦恭守礼、从容忍让的君子风范是有教养的人所必须拥有的品德。而且当时统治者也设立了专门的官

士大夫游乐图
遇到志同道合之人，士大夫们吟诗作赋，以相唱和

员来保证夜生活的秩序。"酒吧"里就有酒监来及时阻止不合礼法之事。"凡此饮酒，或醉或否，既立之监，或佐之史。"（《小雅·宾之初筵》）

马克思称中国的先秦时期是早熟的儿童，在言笑晏晏的宴席之中，先民已经使自己的言行符合礼仪规范，不会逾矩越步。对于我们现代人而言，这种思想值得借鉴。因为过分地放浪形骸，也许会获得一时的轻松，但轻松之后会更疲劳、更空虚。不如学习古人，点到即止，克己复礼。做到这些，半个君子可当得。

3. 不学诗，无以言

《诗经》确实经人删改后整理而成，到底是何人所为现在还没有定论，但是有一点可以确定，整理之人是早期的知识分子。他们在取舍诗句的时候也把自己的价值观念融入到《诗经》中去了。无论孔子有没有删诗，但他依然是中国最早一批知识分子的代表。《诗经》中忧国忧民的情绪在他们中间是共通的。西周至春秋是一个社会结构重组的时代，这一时期的知识分子十分焦虑，但是，他们的焦虑和现代人的焦虑是不一样的。现代人的焦虑是个体的焦虑，多是停留在物质过剩而精神空虚层面。这种焦虑相对于古人而言显得外化而又自私，古人的焦虑却是建立在面对未知世界的无从把握的无奈感，那是一种超出于忧患的悲观之感。所以才会有老子的"无为而治"、孔子的"中庸之道"、法家的"酷律严刑"等等。因此，"百家争鸣"的学术盛世出现了。

一个生产力比较低下的社会能够容纳如此多的闪光的思想并不是奇迹，而是必须，因为当人无法面对各种各样的自然灾害时，当人无法确定自己需要什么时，当人无法预料自己下一秒钟的命运的时候，人的思维就会异常活跃，人的忧患意识和自觉的思考能力会大大增加。其实孔子不用羡慕礼仪制度整齐划一的周代，因为人能够遇到思想碰撞时代的可能性是多么微乎其微，乱世能最大程度激发人的思考潜力，但为此付出的代价却太过于惨烈，尸横遍野的场面谁都不希望看到，安居乐业的生活是老百姓唯一的指望。可是历史的吊诡的地方在于当我们每天安稳地过着所谓的小日子，吃了上顿想着下顿吃什么的时候，我们正在失去思考的能力，那些珍馐美味犒劳了我们的嘴，却腐蚀了大脑。

《毛诗序》说："情动于中而形于言，言之不足，故嗟叹之；嗟叹之不足，故永歌之；永歌之不足，不知手之舞之，足之蹈之。"诗歌、音乐和舞蹈是人表达自身情绪最为直接自然的方式，特别是在当时人对世界尚未具有一定认识的时候，诗歌是他们献给未知的神灵幽冥的虔诚表达。现如今当我们提及诗歌和诗人的时候往往觉得那是一个普通人无法或者不屑进入的圈子，觉得诗人和诗歌都是不能被正常理解的人和事。这或许是因为诗坛的发展背离了诗歌原先应前往的方向，也或者是因为我们的眼睛已经浑浊到看不清诗歌中的真实。但是，如果有可能，我们追溯过往，会发现如果离开诗，我们的世界将会是一片黑暗。钟嵘在《诗品·序》中说："照烛三才，晖丽万有，灵祇待之以致飨，幽微藉之以昭告；动天地，感鬼神，莫近于诗。"如果说科学、商业或者医学等是我们赖以生存的东西，那么，诗歌就是我们生活的目的之所在。它是人在不自觉的情景之下自然而生的歌唱，它能不受学识、地域、年龄等等外在一切的限制，而是一种全然自我、由内而外感情喷薄的境界。

太史公对《诗经》的评价很到位："诗三百篇，大抵圣贤发愤之作也。"我们扪心自问，我们有多久没有"发愤"了？或者说我们已

《青园图》

《青园图》,明代沈周作。藏于旅顺博物馆

经丢失了"发愤"的能力？我们只关注着"自转"，忘了"公转"。上念国家之兴亡、中哀百姓之困苦、怨社会之不公、怜自身之蹉跎是《诗经》时代知识分子的普遍忧思。这些夹杂着人生五味的感情融入到了《诗经》之中，就熬成了这样一碗每次品尝都会有新味的浓汤。就像平王东迁之后，诗人故都重游感慨"彼黍离离，彼稷之苗"（《王风·黍离》），昔日繁华似锦的镐京已经夷为平地，内心的黍离之悲难以抑制，这样直抵人心的诗句让人读一遍就难以忘怀。

另外，在《诗经》的时代，诗已经作为一种重要的交际工具，在诸侯祭祀外交场合、在君臣宴会的场合，甚至在日常的生活中，都可以见到人们即兴创作优美贴切的诗或者引用《诗经》等诗集中的篇章，《汉书·艺文志》就说："古者诸侯卿大夫交接邻国，以微言相感，当揖让之时，必称《诗》以喻其志，盖以别贤。不屑而观盛衰焉。"可见，《诗经》凝练而又概括的语言在生活或者后人的文学创作中得到了进一步的考验和锤炼，今日我们手上沉甸甸的《诗经》更具历史的价值。

七 诗学研究代代传

《诗经》发展到宋代,达到了又一个高峰,而《毛诗传笺》、《毛诗正义》、《诗集传》正是反映了中国古代学者对《诗经》孜孜不倦的探索精神。看了这三本书的成书过程,我们心中也能大致了解,想要在某一方面有所建树,必须有扎实的学科基础,但又不能沉溺迷信过去的结论,要有自己的创新点。

1. 孟子说诗

孔子删定六经为孟子说诗打下了良好的基础，而战国时期思孟学派的发展也进一步巩固了"诗三百"的地位。其实，这个时候《诗》已经称为"经"了，《诗》的传习也渐渐成为儒家的专门学科。《史记·孟轲荀卿列传》中说孟子"退而与万章之徒，序《诗》《书》，述仲尼之意，作《孟子》七篇"。《诗》与孟子的思想是息息相关的，孟子也传承了孔子的思想和精神，注重对《诗经》的研究。

春秋战国时期出现的"百花齐放，百家争鸣"的文化繁荣现象是以长年的诸侯争霸、新兴地主阶层的兴起夺权为代价的。那时的百姓怨声载道，苦不堪言，而孟轲（约公元前372～前289年）提出了"仁政"的思想。他的"性善论"虽然不为那些统治者所接受，但在一定程度上却起到了安抚民心的作用。孟子生于一个动荡的时代，却走在了时代的前面，所以他注定是孤独的，恐怕他和孔子一样，不会料到当时遭到冷落的思想却会成为中国千年的文化的精神根基。

关于如何读《诗》，孟子先验性地提出了"以意逆志"的方法，意思不是说用自己的理解去推翻《诗经》的志意，《孟子·万章上》

中有一段对"以意逆志"的解释：

咸丘蒙曰："舜之不臣尧，则吾既得闻命矣。《诗》云：'普天之下，莫非王土；率土之滨，莫非王臣。'而舜既为天子矣，敢问瞽瞍之非臣，如何？"曰："是诗也，非是之谓也，劳于王事而不得养父母也。曰：'此莫非王事，我独贤劳也。'故说诗者，不以文害辞，不以辞害志；以意逆志，是为得之。如以辞而已矣，《云汉》之诗曰：'周余黎民，靡有孑遗。'信斯言也，是周无遗民也。"（《孟子·万章上》）

咸丘蒙认为《诗经·小雅·北山》上说普天之下，没有哪里不是天子的土地；四海之内，没有哪个不是天子的臣民。那舜已经做了天子了，为什么瞽瞍（舜的父亲）却不是他的臣民？孟子就解释说，其实《小雅·北山》中提到的"陟彼北山，言采其杞。偕偕士子，朝夕从事。王事靡盬，忧我父母。溥天之下，莫非王土；率土之滨，莫非王臣。大夫不均，我从事独贤"。并不是咸丘蒙所理解的那个意思，《小雅·北山》主要是想表达因公事的劳碌而不能奉养父母的郁闷心情，像《云汉》中说"周余黎民，靡有孑遗"当然不是说周朝真的没有一个人活下来了。所以咸丘蒙的关注点错了。

孟子就此发挥说解读《诗经》，不能因为字面意思而损害词句的意思，也不能单靠几句词句的意思而损害全诗的意思，所以"以意逆志"的意思是说读诗不要钻牛角尖，要利用自己的经验和体会从整体上理解、揣摩诗歌的原意。古人也会掉入诗歌的"陷阱"中，被表面的花花绿绿的比喻、夸张所迷惑，从而产生困惑。读诗一定要具备一双慧眼，如果看到什么就相信是真实的，脑子当然会混乱。在孟子看来，很多人读《诗经》好比是盲人摸象，摸到象牙的人说象像萝卜，摸到象耳的说象像簸箕，摸到象背的说象是床，其实都是在用局部代替整体，没有对整首诗有全面的了解之前不要轻易地下判断，所以读诗一定要有"眼光"。从孟子和咸丘蒙的对话中我们可以判断出孟子是一个十分自信的人,他相信自己的眼光和学识,觉得凭借自己的能力是可以"以意逆志"的。但他的理论其实是存在矛盾的。因为如果真的按照孟子所说"以意逆志"去做的话,对读诗人的才学有非常高的要求,一般的民众是很难做到的,像咸丘蒙就产生曲解了。每个人的知识储备不同,于是孟子紧接着提出了"知人论世"才可读懂《诗经》,意思就是说读诗要做到心灵"穿越",要了解诗人和当时的社会背景,增加对诗歌的理解,这个观点很对,因为单靠"以意逆志",以人的主观意志来推知当时诗人的意志常常会产生牵强附会的结果。

2.《诗经》研究著作三大里程碑

《毛诗传笺》

《史记·李斯列传》记载了焚书坑儒的惨烈场面:"天下敢有藏《诗》、《书》、百家语者,悉诣守尉杂烧之;有敢偶语《诗》、《书》者弃市,以古非今者族。见知不举者与同罪。"幸而秦王朝只传到了秦二世就灭亡了,不然儒家的经典恐怕早已毁于一旦了。本来《诗经》在这场浩劫之中是首当其冲的,不过万幸的是,诗三百本来是歌曲,而且当时曲调也还未完全失传,儒生们凭借记忆,依靠口耳相传总算让《诗经》保存下来了。

进入汉代,统治者意识到儒家典籍对统治有巩固作用,汉惠帝专门派人去搜求古籍,整理出来的《诗经》写本就由官方传授。为了流传和教导的方便,就采用了当时流行的"隶书"所写,这样写成的《诗经》被称为今文经。因为地域差异以及儒生记忆误差等原因,今文经主要包括"齐诗"、"鲁诗"、"韩诗"三家。过了不久,民间又出现了用战国时代篆文书写的《诗经》，被称为古文经，古文经只有毛诗一家。毛诗由毛亨所创，据说毛亨对《诗经》的解读承自荀子，而荀子则承自孔子的弟子子夏。毛亨著有《诗诂训传》（后来简称《毛传》），他在西汉初期已经开始招收弟子，毛苌就是他的得意门生。

今文经和古文经之间的区别并不仅仅是书写文字上的差异，在文字训诂和内容解释上两者也各有千秋。汉初，今文经因为其与时俱进而独领风骚，可发展到后来，因为今文经中的阴阳五行和谶纬学说变本加厉，渐渐遭到了人们的遗弃，相反，古文经学因为其简单易懂、内容朴实而受到欢迎。

东汉末年，古文经学的最后一位大师郑玄同时兼通今文经学，于是，他富有创造性地将古文经和今文经结合起来，为毛氏的《诗诂训传》作笺注，名为《毛诗传笺》，所以《毛诗传笺》是一部今文经学和古文经学的融合之作。

郑玄是一个非常勤奋博学之人，加上当时社会各方面知识的发展，他就自觉地把多个研究领域的成果应用到了《毛诗传笺》之中。举个例子说，《毛传》只是通训诂，而不剖析字义，郑玄就增加了"字义"这一项，还订正了《毛传》中的一些错误。如《关雎》中的"君子好逑"的"逑"字，《毛传》只说："逑，匹也。"而《毛诗传笺》则更加清楚明白："逑即'仇'，'怨耦曰仇'。"这个解释采自鲁诗，所以郑玄博采众长，吸收了各方的信息资料。此外，郑玄还在《毛传》的基础上，建立了一个按时代次序排列和解释各诗的完整体系，对后世研究帮助很大。

《毛诗正义》

汉末之后,中国进入了长达400年的分裂混战时期,除了中原地区各个封建军阀的割据混战之外,少数民族也对中原地区虎视眈眈,不断入侵,最终形成了南北朝长期对峙的局面。在朝国夕破的颓世之中,魏晋玄学开始兴起,之后又有南北朝佛教盛行,汉时被小心翼翼维护起来的儒家正统地位被巨大的社会变动所冲击,最终还是失去了学术界的支配地位。所以这一时期的《诗经》研究发展不大。

当隋唐结束了国家分裂的局面,建立统一、强盛的国家后,中国

欲辨已忘言
茅屋中的老者已备好上好的茶,等待好友相聚雅室。《诗经》的涵义就在这种高士们的相互切磋和琢磨之中得到了提升

进入了一个相对稳定而繁荣的时期。唐朝的统治者意识到想要治理一个幅员辽阔的国家，首先在思想上要统一，而可以依托的工具就是现成的儒家思想。具体措施有广泛地开设学校，传授"五经"（《周易》、《尚书》、《诗经》、《礼记》、《春秋》），恢复和改革科举制度，设"进士"、"明经"两个科目等，而"明经"科考察的就是"五经"的经义。

有考试当然得有教材，可惜的是，汉代的鲁、齐、韩、毛的诗文互相之间出入很大，再加上从汉代到唐代时隔好几百年，《诗经》也没有一个统一的版本，唐初自然也有同一首诗字句不同、解释不一的情况，朝廷发现了这个问题，所以就决定先把汉代流传下来的诸经版本进行对照比较筛选，选出最佳的传本，由颜师古撰成考定《五经定本》，这是经文的文字的"标准版"。另外，对《诗经》的阐释有今文古文之争、郑学王学之争、南学北学之争等等，而且虽然《毛诗传笺》确实是当时解说《诗经》最通行的传本，但三家诗中韩诗和王肃的纯古学派也有流传。所以很多唐代的考生怕的不是考试而是选教材，到底应该以哪一种学说为准，这可关系着自己的前途命运。于是，孔颖达等人就被选派去撰述"五经"的义疏（即疏通原书和旧注的文意，阐述原书的思想），652年，《五经正义》终于大功告成了，而《毛诗正义》是《五经正义》中的一本。说通俗一点，《五经正义》就是官方指定的考试辅导用书。

但要声明的是，孔颖达并不是《毛诗正义》的作者，他只是主编，《毛诗正义》是由王德韶、齐威、赵乾叶、贾普曜等学者执笔的。孔颖达当时官至国子祭酒，即国家最高学府国子监总管，是当时唯一的国立大学的校长，鉴于他在学术上的权威性和号召力，所以《毛诗正义》署他的名，《毛诗正义》后来也被称为《孔疏》。

《孔疏》依据的蓝本是郑玄的《毛诗传笺》（简称《郑笺》），它尽量不破坏《毛传》和《郑笺》的注疏，在保留其注疏的基础上，再给这些注疏作解释。《孔疏》的注疏和毛、郑保持高度一致，因此《孔疏》是严格遵循汉学体系的。《孔疏》还利用当时在语言学、考古学、历史学等各个学科上的发展，给《毛诗传笺》补充新的注解，最主要的是有一大补充即陆元朗的《毛诗释文》，这是一部给《诗经》的文字作简明的音切和训义的书，《毛诗正义》把《毛诗释文》作为文字音训的标准，附在书后。于是，《孔疏》发展了《诗经》的训诂学。

唐朝的灿烂文化吸引了来自日本、朝鲜等很多国家的遣唐使，《诗经》也在这个时候传到了各国。从此，《诗经》也成为外国了解中国古代文化的一个窗口。

《诗集传》

《毛诗传笺》和《毛诗正义》具有师承关系，但《诗经》研究发展到了宋代，情况发生了急剧的转变。唐诗将《毛诗正义》作为学习《诗经》的唯一定本虽然有统一教材思想的功能，但也限制了人们解读《诗经》的能力，儒学变得十分的僵化。宋统治者急需一部与当时形势匹配的《诗经》解说本来巩固自己的统治。宋朝是一个相当注重文臣的朝代，而文臣的经义论策的能力自然最为皇帝看重，如何在古代的经典中引申出符合现实政治需要的治国方针是当时文臣的首要之务。所以大家纷纷从实际出发，突破原来已有的经书义疏，加入自己的看法和观点。朱熹《诗集传》就应运而生了。

《诗集传》的产生对《诗经》的汉学体系产生了强烈的冲击。汉学研究《诗经》的体系是"传、序、笺、疏"四位一体，"序"就是在每篇诗歌之前解题的序言，是整个义疏的中心。朱熹非常不认同诗序。他认为这些都是假借孔子和其弟子子夏之名进行穿凿附会的道德说教。所以朱熹在广涉前人研究的基础上，又不受其束缚，直接读原诗，自己来探求诗意。如果有暂时不懂的地方，他就会读几十、上百遍。"且读本文四五十遍，已得六七分，却看诸人说与我意如何。"这样，朱熹就在独立思考、仔细揣摩、反复比较取舍的基础之上写成了《诗集传》。

《诗集传》另外一个重要的特点是开始用一种文学的观点来看待《诗经》。朱熹是第一个提出《国风》主要是"出自里巷歌谣之作"的研究者。他考证出来《国风》大部分"乃是男女相与咏歌，各言其情"的民歌。举个例子说，《小雅·頍弁》中有"死丧无日"的词句，在汉代的《诗序》中就被附会成了"孤危将亡"的意思，但朱熹不迷信古人之说，找了大量的实证，说明这不过是"燕（宴）兄弟亲戚之诗"，"古人劝人燕乐，多为此言，如'逝者其耋'，'他人是保'等等，且汉魏依赖，乐府犹多如此，为'少壮几时'，'人生几何'之类是也"。

《诗经》发展到宋代，达到了又一个高峰，而《毛诗传笺》、《毛诗正义》、《诗集传》正是反映了中国古代学者对《诗经》孜孜不倦的探索精神。看了这三本书的成书过程，我们心中也能大致了解，想要在某一方面有所建树，必须有扎实的学科基础，但又不能沉溺迷信过去的结论，要有自己的创新点。

3. 鲁迅论《诗经》

鲁迅在很小的时候就几乎读遍了四书五经，他自己在《阿长与山海经》一文中说："孔孟的书我读得最早，最熟，然而倒似乎和我不相干。"在鲁迅那个年代，熟读四书五经倒也不是什么稀奇事，奇怪的是鲁迅这句看似矛盾的话道出了他那一代人对中国传统文化的复杂心理。

从古至今，《诗经》在中国思想教育史上的地位是不可撼动的，《诗经》"先虽遭秦火，而人所讽诵，不独在竹帛，故最完"。到了20世纪初，经过了2000年各朝各代的学者专家研究之后，已被过度阐释的《诗经》对于当下的社会是否还有现实意义，人们是否还有继续诵读学习的必要？鲁迅表达了他的困惑和担心。

鲁迅生活的时代，中国进入了从未出现过的屈辱境地，积贫积弱的中国处在内忧外患之中，内有丧权辱国的清廷，外有虎视眈眈的列强，像鲁迅这样的有志青年对中国大众的麻木不仁表达了强烈的愤慨，"哀其不幸，怒其不争"。孔子提出了"诗三百，一言以蔽之，曰思无邪"，鲁迅认为"思无邪"就是百姓"不争"的根源，人们思想上的不开化，认为凡是符合封建的道义传统就是"思无邪",这样会掉入封建卫道士设计好的陷阱中。因此鲁迅对"思无邪"的说法恨之入骨,认为其从根本上违背了诗歌的本质以及诗歌创作的规律,会严重束缚人们自由的想象力。被"无邪"的思想所囚禁的诗歌归训有余而勇气不足,而被"无邪"思想所囚禁了的人则正在渐渐"失语",那些真实的感情和秉性就在这种潜移默化的道德礼义规矩中消磨殆尽。

《诗经·周颂·载芟》中有这样一句话:"匪今斯今,振古如兹。"这本来是周王春季祭社稷的乐歌中庆祝连年丰收和家国昌盛,希望天天如此,年年如此的意思。鲁迅没有被这种和乐融融的欢乐气象所迷惑,相反,他从中看出了中国人思想中守旧不变的保古思想,所以他就在《忽然想到(六)》一文中来讽刺当时复古派读经的目的:拖住一些青年吸收新思想的脚步,反对社会的改革,"不肯变革,衰朽到毫无精力了,还要互相残杀……于是外面的生力军很容易地进来了,真是'匪今斯今,振古如兹'"。鲁迅十分痛恨《诗经·大雅》中粉饰太平的诗篇,他假设人若老是抱着原来的那一套不放的话,确实会"振古如兹",因为自宋之后,外来侵略者趁虚而入的教训我们已经吸收得够多了。

再如,《诗经·小雅·小宛》一诗十分有意思:"中原有菽,庶民采之,螟蛉有子,蜾蠃负之。教诲尔子,式谷似之。"最初的经学家也不是什么动物学家,对动物习性也一知半解,就凭借自己的想象,给出了这样的答案:"蜾蠃(细腰的土蜂)均是雌性而不能生育,捕捉螟蛉(桑树上的小青虫)来当做继子。"这样的解释很容易引申到"老吾老以及人之老,幼吾幼以及人之幼"的道德教义上去,好让读者在阅读的过程中就得到"心灵的提炼"。但是很快,经过一些"好事者"的研究发现,原来蜾蠃自己是能够生卵的,至于螟蛉只不过是给它自己的小宝宝填肚子的食料而已。于是鲁迅就说:"这细腰蜂不单是普通的凶手,还是一种很残忍的凶手。用了神奇的毒针,向那运动神经球上只一蜇,它便麻痹为不死不活状态,直到它的子女孵化出来的时候,这食料还和被捕当日一样的新鲜。"(《坟·春末闲谈》)由此,他就想到了蜾蠃其实就是那些所谓的"孔孟圣人",他们正在使用细腰蜂的"神奇毒针"麻痹人们的思想。因受"五四""打倒孔家店"思想的影响,鲁迅的想法过于偏激和激进,但在那个年代,倒也有其合理之处。

鲁迅分析《诗经》的独特之处在于用朴素的爱国主义思想和民主主义理论相结合,把裹在《诗经》外面厚厚的传统儒教的遮掩揭去,希望人们能够擦亮自己的双眼,用重新审视世界的眼光来回顾中国的传统文化。所以鲁迅和之前的经学家们不同的地方在于他对待传统经典始终保持着一种高度的警觉,他认为对待《诗经》要批判吸收。"《诗经》是经,也是伟大的文学作品,就因为他究竟有文采"(《且介亭杂文二集·从帮忙到扯淡》)。鲁迅看重《诗经》的"文采",即看中了《诗经》的艺术性,他在《摩罗诗力说》一文中也提到赋、比、兴手法对诗的形象性和音乐性有非常大的帮助,这是《诗经》价值较高的地方。而对于《诗经》中并不光彩的一面,鲁迅也毫不留情地加以批判,他看到了《雅》、《颂》中的溜须拍马和虚假繁荣,鲁迅借此呼吁当时迷糊的中国人,让其"觉悟起来,由哀音而变为怒吼"。

图书在版编目（CIP）数据

三千年前的歌唱：诗经/董晶晶著．— 郑州：中州古籍出版社，2014.5
（华夏文库）
ISBN 978-7-5348-4710-3

Ⅰ．①三… Ⅱ．①董… Ⅲ．①《诗经》–诗歌研究 Ⅳ．①I207.222

中国版本图书馆CIP数据核字（2014）第045403号

华夏文库·儒学书系
三千年前的歌唱：诗经

总 策 划	耿相新　郭孟良
责任编辑	李颜垒
封面设计	新海岸设计中心
版式设计	曾晶晶
美术编辑	曾晶晶
责任印制	刘新毅
项目统筹	单占生　萧　红（执行）

出　版	中州古籍出版社
	地址：河南省郑州市经五路66号
	邮编：450002
	电话：0371-65788693
经　销	新华书店
印　刷	河南新华印刷集团有限公司
版　次	2014年5月第1版
印　次	2014年5月第1次印刷
开　本	960毫米×640毫米　1/16
印　张	9.5印张
字　数	60千字
印　数	1—3000册
定　价	24.00元

本书如有印装质量问题，由承印厂负责调换